JN113578

牧村 僚
Ryo Makimura

抹殺屋

デス・スクワッド

Death Squad

鈴屋出版

抹殺屋

デス・スクワッド

牧村僚

目次

第一章　ダンスルームの遺体

1

地下駐車場で車を降り、俺はまっすぐ壁に向かった。キーを取り出して、壁面に作られたドアを開ける。

扉の向こうには小さな靴脱ぎ場があり、あがればもうダンス室だ。もっとも、ここをダンス室として使っているのは俺の家だけだろう。もともとはマンション一階に「地下倉庫が付いている」という物件であり、そこが気に入って買ったのだ。

だれもいないダンス室、か……。

無意識のうちにため息をついて、俺は靴を脱いだ。ダンス室を通り抜けると、壁のスイッチを押して明かりをつけ、ゆっくり階段をのぼっていく。

一階は、ごく普通の3LDKだ。和室に換算すれば六畳ほどの洋室が二つ、やや小さめの洋室が一つ、それに十五畳のLDKという造りになっている。

ネクタイをゆるめただけで着替えもしないまま、俺は冷蔵庫を開けた。ノンアルコールビールの缶を取り出し、タブを引いて開ける。ソファーに腰をおろし、まずひと口飲んだ。苦さだけが口に残る。

酒は好きなほうだが、夜、車を使うこともたびたびあったため、帰宅後はいつからかこれを飲むようになった。

前は帰ってきたときの一杯が、最高にうまかったんだけどな……。

俺は苦笑した。

妻の弓子（ゆみこ）がここを出ていってから、ちょうど二週間になる。俺はまだ結論を出していないのだが、弓子のほうはすっかり離婚する気になっている。

別居したとはいえ、実はきょうも弓子に会っていた。俺たち夫婦は二人とも、東京西新宿にある私立漆原（うるしばら）学園高校の教師なのだ。弓子は体育、俺は数学を教えている。

「弓子……」

口に出して言い、俺は唇を噛んだ。

弓子に関して流れた噂を思い出し、やるせない気分になった。夫である俺にとっては不愉快このうえない話なのだが、その一部は事実であることがわかった。

「このままでは、二人ともあの学校にいられなくなるわ。問題を起こしたのは私なんだし、私が辞めるのが筋でしょう。これ以上、あなたに迷惑をかけるわけにはいかないもの。私生活でも同じことよ。別れましょう」

これが弓子の出した結論だった。

俺としても、噂に真実の部分があることを知り、かなりのショックを受けていた。弓子を許せないという気持ちもある。

それでも、弓子が教育熱心であった結果、そういう行動に走ったのだということは、俺なりに理解しようと努めてきた。

「人の噂もなんとやら、って言うじゃないか。いまは騒いでるが、いずれ世間もおとなしくなる。俺たちが惑わされる必要はないんじゃないか？　おまえのこと、完全に許せるようになるまでには、ちょっと時間がかかるかもしれないけどな」

俺はそう話したのだが、弓子は納得しなかった。なかなか許せないという俺の気持ちが、言葉にはっきり現れていたせいかもしれない。

弓子は自分のしたことを認めはしたものの、決して俺に謝ろうとはしなかった。もともと頑(かたく)なな女なのだ。自分の行動に間違いはないという姿勢を貫いている。結局、簡単な荷物だけをまとめて、出ていってしまったのだ。

弓子の実家は福岡だ。両親とも健在だが、まだ何も話していないはずだし、帰るわけにはいかないだろう。しばらくはビジネスホテル暮らしでもしたあと、どこかに部屋を見つけるつもりでいるらしい。

きょうも帰りがけに、ほんの五分ほど二人で話をした。

「校長に辞表を出しておいたわ」

「慰留はされなかったのか」

「されるわけないでしょう。校長一派は、っていうか理事長一派は、あんな噂が立って、ちょうどよかったと思ってるんじゃない？」

弓子は俺より一つ年上で、今年三十歳になった。

俺が教師になって六年が経過したが、この三年ほどで学園は大きく変わった。倉本和博という男が理事長になり、大改革を実行したのだ。

その改革が正しかったのかどうか、まだ結論は出ていないが、少なくとも俺や弓子には賛成しかねるものだった。

改革の第一は、これまでの受験中心主義を改め、勉強のできない生徒の受け入れを始めたことだ。一年から三年まで、各学年に六クラスあるのだが、A、B、C、D、Eの五クラスが進学コースで、F組だけが特殊編成になっている。

何が特殊かといえば、F組には勉強などまったくやる気のない生徒が揃っているのだ。

こんなことが許されるのかどうかさえ疑問なのだが、F組の生徒だけは、すべて二次募集合格者という形で入学させる。基本的に、他校に受からなかった者ばかりで、クラスを編成することになる。

倉本が理事長になったのに伴い、校長も酒井という男に代わった。酒井は完全に倉本のイエスマンで、改革に反対する教師には厳しい姿勢で応じてきた。

「べつにあなたにこの学校に残っていただく必要はありませんよ。ご自由になさってくださってけっこうです」

改革についていて文句をつけてきた教師に対して、これが酒井の決まり文句だった。この三年間で、実際に四人の教師が辞めている。

俺はまだ若造だし、特にポリシーのようなものを持っているわけではない。それでも、倉本と酒井のやり方には、どうしても納得のいかない部分があった。F組の生徒の入学に際して、どうやら寄付金という形で、大金が動いているらしいのだ。

いま三年F組にいる平泉という生徒は、ある大手企業の社長の御曹司だ。

父親は学歴がないにもかかわらず、猪突猛進型の姿勢を貫き、一代で大きな会社を育てあげてきた。そんな男だから、男に学歴などは不要、と言うかと思いきや、これが正反対で、息子にはどうしても大学まで出てほしいのだという。

だが、平泉は中学時代から、勉強はからきし駄目だった。相対評価ではなく、絶対評価になった成績でも、オール2より上になったことがない。

そこで父親が考えたのが、漆原学園高校への進学だった。三年間、F組で授業を受けてさえいれば、高校卒業の資格が得られるばかりか、指定校推薦で大学へ進むことも夢ではないのだ。

実際、平泉はすでに都内にある私立大学への進学が決まっている。

指定校推薦制度の利用に関しては、生徒ごとに職員会議に諮られるのだが、今回の平泉の件については、俺も弓子も激しく反対した。

「校長、平泉のような生徒を推薦したら、うちの学校が責任を問われますよ。彼が大学の勉強に、ついていけるわけがないでしょう」

俺は立ちあがって発言した。

校長は、薄笑いを浮かべながら言ったものだった。

「相変わらずわかってないね、狭間(はざま)先生は。いま日本の私立大学の経営が、どれだけ大変だと思ってるんだね？　受験者が定員に満たない学校が、いくらでもあるんだ。定員割れが続けば、大学の存続自体が難しくなる」

「たとえそうだとしても、平泉の学力では……」

「関係ないんだよ、学力なんか。どんな生徒だろうと、学生として送り込んであげれば感謝してくれる大学がある。実にありがたいことじゃないか。教師なんだから、そのぐらいのことはわかっていてもらわないと困るよ」

「しかし校長、平泉の学力は中学生にも及ばないんですよ。高校卒業の資格を与えるのはともかく、いくらなんでも彼を大学生にするわけには……」

「黙りなさい」

校長は怒鳴った。

「どうしてきみは理事長の改革の方針を理解しようとしない？　学校だって商売だ。儲けが出なければ話にならん。大学に行きたい生徒がいて、学生として受け入れたい大学がある。しっかり需要と供給のバランスが取れてるんだ。それを乱す必要がどこにある？」

とても教育者とは思えない暴論だったが、俺はすごすごと引きさがらざるを得なかった。弓子と俺以外にも、同じように考えている教師も何人かはいるはずなのだが、彼らの援護はまったく期待できない。いつものことだ。

三年F組の生徒四十人のうちなんと二十六人が、指定校推薦の制度を使って大学への進学を希望している。願書は提出済み。あとは書類審査だけで、入学を拒絶されることは、まずない。

平泉の進学に関する職員会議が終わったあと、同じ数学教師の北村が声をかけてきた。

「仕方がないよ、狭間先生。校長が言ったとおり、学校も商売なんだ。入ってくれる生徒がいなきゃ、ぼくたちの給料も出ない。この高校のF組なら基本的にだれだって入れるし、入れば大学へ行けるチャンスもあるってことで、親たちはうちに生徒を送り込んでくれるんだ。先生の意見は正論だけど、多少は現実を見ないとね」

北村は俺より三つ年上で、教師としては俺も尊敬している。しかし、完全な理事長派であることは間違いなかった。理事長や校長の言葉に、唯々諾々と従っている。

大学進学実績がもう少し伸びれば、F組なんか作らなくたって済むのにな……。

俺はそう思わずにはいられなかった。

進学校としても、漆原学園はそれなりに評価を受けつつあるものの、まだ一流校とまで言える存在ではない。このところ何年か、東大にもぽつぽつと合格者が出始めた、という程度の学校なのだ。

弓子はもう辞めると決めてしまった。校長をはじめとする理事長一派は、俺にも早く辞表を書いてほしいと思っているに違いない。

だが、俺はまだ辞職する気にはなれなかった。優秀でもない俺にとって、教師としての再就職は難しい。一都三県の公立高校の教員試験を受け、すべて不合格になったあと、漆原学園に拾われる形で就職したのだから。

とはいえ、辞めたくない理由はそれだけではない。理事長一派に押され、学園がどんどんおかしな方向へ進んでいってしまっていることが、どうにも我慢ならないのだ。

俺にだって、絶対に何かできることがあるはずなんだが……。

ノンアルコールビールを飲み干し、唇を噛んだとき、突然、家の電話が鳴りだした。このごろはほとんどの知り合いが携帯にかけてくるため、こちらが鳴ることは珍しい。

俺は立ちあがり、キッチンカウンターに置かれた受話器を取りあげた。

——もしもし、漆原学園高校の狭間先生でいらっしゃいますか。

「はい、狭間です」

——私、新都心署の荻原と申します。

「新都心署？」

警視庁新都心署は、都庁が新設されたときにできた警察署で、西新宿にある。漆原学園からなら数百メートルという場所だ。

——落ち着いて聞いてください。実はですね、奥様の狭間弓子さんがお亡くなりになりました。

「弓子が、死んだ？」

俺はぎくりとした。すぐには信じられない話だった。しかし、警察が知らせてきている以上、事実に違いない。俺は息苦しさを感じた。胸の鼓動が急激に速まってくる。

——いまから三十分ほど前に、お宅の学校の警備員が、ダンスルームで倒れている奥様を発見したそうです。すぐに救急車とうちの署の者が臨場したのですが、すでに亡くなられていました。

「そうですか。弓子が、ダンスルームで……」

弓子は体育教師で、専門は創作ダンスだ。授業で教えるほかに、学園では新体操部の顧問をしている。そんな弓子だから、地下倉庫をダンス室にできるという思いで、このマンションを欲しがったのだ。

「死因はなんですか。弓子の死因は」

どうしても確かめなければならないと思い、俺は尋ねた。

――大変申しあげにくいんですが、絞殺です。

「絞め殺されたってことですか」

――はい。詳しくは担当の刑事からご説明いたします。できれば現場でご遺体のご確認をお願いしたいんですが、いかがでしょうか。もし必要なら、こちらから迎えの車を出しますが。

「いえ、けっこうです。車で十分ほどですので、すぐに向かいます」

――大変なときに恐縮です。よろしくお願いいたします。

電話は切れた。

俺は崩れるように、ソファーに座り込んだ。さすがにショックだった。頭の中で、現実を確認する。

弓子が死んだ。絞め殺されて……。

認めたくはなかった。ほんの三時間ほど前に、俺は弓子と話をしているのだ。あの弓子がもうこの世にいないなどとは、とうてい信じられない。

だが、現実を受け入れないわけにはいかなかった。立ちあがってネクタイを締め直し、俺は地下への階段をおりた。

2

マンションは高田馬場（たかだのばば）にある。新都心署の人間に電話で話したとおり、西新宿にある漆原学園まで、車なら十分ほどの距離だ。

この便利さも、マンションを買った動機の一つだった。夫婦揃って、ずっと学園に勤める気でいたからだ。

車に乗り込み、駐車場から通りに出てくると、俺はじっと前を見つめたまま、無意識のうちに言葉をもらしていた。

「あいつらだ。あいつらに決まってる」

俺には、弓子を殺した犯人がわかっていた。

四日前の放課後の出来事が、頭の中によみがえってくる。

漆原学園では、全教師が集まるときに使う職員室とは別に、教科ごとに教官室が設置されている。

午後四時をすぎたころ、三階にある数学教官室の扉を開け、一人の生徒が入ってきた。二年B

組の倉本健一だった。彼のクラスの数学は、俺が担当している。

「狭間先生に、お話があるんですが」

「ここへ入ってくるのなら、せめてノックぐらいしろ」

まずひと言、俺は注文をつけた。

「これは失礼しました。ちょっと急いでいたものですから」

悪びれた様子もなく言い、倉本は俺の席に近づいてきた。

彼一人ならべつに問題はないのだが、後ろに三人が続いていた。牧野真也、白石貴文、樋口明弘。すべて二年F組の生徒だ。

「父のほうから話が来てると思うんですが」

傲岸な態度を隠そうともせずに、健一が言った。

彼の父親は都議会議員の倉本和博。一方で、名前だけは社長ではなくなったものの、実質的に警備会社を経営していて、この学園の理事長でもある。

かなりの寄付金をしているということもあって、父親はやりたい放題だ。学園は自分のおかげで成り立っている、とでも言いたげなのだ。

「聞いてるよ。四の五の言わずに、こいつらに数学IIの単位を出せってことだったな。俺もそのつもりで、条件を出したはずだ」

「課題のことですね。でも、こいつらには先生の課題は難しすぎる」

「難しすぎるだと？　ふざけたことを言うな。テストに出したのと同じ問題を、そのまま解いてレポートにして出せってだけの話だぞ。授業で解説も済ませてる。それのどこが難しい?」

馬鹿らしさを我慢して、俺は言った。

健一は小鼻をふくらませる。

「難しいものは難しいんです。先生にはわからないでしょうけどね」

「ちょっと待て、倉本。おまえには関係のない話だろう」

「何を言ってるんですか。こいつらはぼくにとって大切な友人ですよ。このまま数IIの単位が取れなかったら、留年ってことになるわけでしょう? 友だちとして、そんなことを認めるわけにはいきませんよ」

友人だと?

俺は思わず鼻で笑ってしまった。この男はいつもそうなのだ。なんでも自分の望みどおりになると勝手に思い込んでいる。もっとも、父親がそういう教育をしてきたのだから、彼だけを責めるわけにはいかない。

一年生のときから、倉本のまわりにはいつもこの三人がいた。見ようによっては、ボディーガートのようにも思える。実際、三人はがたいが大きく、力も強そうだった。ほかの生徒から恐れられてもいる。

「いいか、倉本。確かにF組は特殊編成だ。勉強ができなくてもいいって条件で生徒を集めてるんだから、それは仕方がない。だがな、俺は教師だ。数学を教えてる」

「そんなこと、言われなくてもわかってますよ」

「いや、わかってないな。おまえ、F組で俺がどんな授業をやってるか、知ってるのか。教科書はおまえたちと同じものを買わせてるが、そんなものは使わない。俺が刷ったプリントを、ただひたすらやらせてるだけだ。中学校一年か二年のレベルの問題をな」

「だから、なんだって言うんですか。こいつらは、数学なんか苦手だけど、ちゃんと授業には出てるじゃないですか。それなのに、先生は……」

「黙れ」

健一のせりふを、俺は途中でさえぎった。

ぎくりと身を震わせ、信じられないという顔で、健一は俺を見る。

「俺がこいつらに意地悪をしてるとでも思ってるのか。冗談じゃない。卒業のとき、せめて中学で学ぶ程度の知識は身につけて出ていってほしいんだよ。だから、試験は不合格だったが、課題を出した。それさえきちんとやってくれれば、単位を出すって約束でな」

「意地を張らないでくださいよ、先生。いったい何が不満なんですか」

「なんだ、意地っていうのは」

「だって、ぜんぜん意味がないじゃないですか。こいつら三人が単位を落とせば、先生に何かいいことでもあるんですか」

「くだらないことを言うな」

今度は健一が鼻で笑った。

「興奮しないでくださいよ、先生。ぼくは話し合いに来てるんですから」

「なんでおまえと話し合わなくちゃならないんだ？」

黙って立っている生徒のほうに、俺は話を振った。

「どうだ、牧野。おまえ、まだ課題を提出してないよな。これで単位が取れるとでも思ってるのか」

「いや、それは……」

牧野はほかの二人に目をやった。

三人とも、ほとんど興味がなさそうに、みんな俺から目をそらした。俺にももちろんわかっている。彼らは健一に連れてこられただけで、自分の意思で教官室に来たわけではないのだ。

課題を提出しないのも、健一に言われたからなのだろう。もっと言えば、健一の父親、倉本理事長のいやがらせということになる。

「言っておくがな、倉本。この三人以外は、F組の生徒も全員合格した。試験で落としたやつは九人いたが、ほかの六人はちゃんと課題を提出したんだ」

「課題、課題って、なんのつもりですか、先生。こんなのおかしいですよ」

「何がおかしい」

「去年、こいつらの数学Ⅰは北野(きたの)先生が担当でした。試験はやっぱりぜんぜんできなかったらしいですよ。点数は知りませんけどね。でも、北野先生はちゃんと単位を出してくれたんです。授業には出てましたからね、こいつら」

俺はまた苦笑した。

健一は、とうとう同僚教師の名前を出してきた。北野はいまも斜向かいの席に座り、ちらちらとこちらの様子をうかがっている。

「北野先生は北野先生、俺は俺だ。やり方が違うのは当たり前だろう」

「同じ学校で方針が違うのはおかしいって言ってるんですよ、ぼくは。入学するときに、こいつらは学校から言われたそうですよ。勉強がわからなくても、きちんと授業に出てさえいれば卒業はできるって」

「限度があるんだよ、倉本。ただ教室に来て座ってるだけで、授業を理解しようともしない生徒に、俺は単位は出さない」

「狭間先生には、生徒を救ってやろうって気がないんですか」

「あのな、救おうと思ってるから課題を出したんだ。それを提出もしないやつに、何か言われる覚えはない。まして関係のない、おまえにはな」

神経質そうに、健一は両手をこすり合わせた。

俺は健一の手に目をやった。ちょっと見ただけではわからないが、彼の手は薄い手袋に覆われている。素肌に近い色だし、完璧なまでにフィットしているから、おそらく特別注文で作らせたものなのだろう。

健一が極度の潔癖症だという話は、俺も聞いていた。しかし、俺がそれを話題にしたことは一度もないし、生徒たちの会話の中に出てきたのを聞いたこともない。理事長の息子に、みんな気をつかっているのだ。

「先生、ほんとにいいんですか。大変なことになりますよ」

気を取り直したらしい倉本が、うっすらと笑みを浮かべて言った。

俺はもう一度、深いため息をついた。

「いい加減にしろよ、倉本。俺をどうしたいんだ？」

「どうって、べつに。ぼくは正当な抗議をしてるだけです」

「いや、違うな。おまえはただ俺に因縁をつけたいだけなんだ」

健一は鼻の穴を大きくふくらませた。また両手をこすり始める。

「俺だって、こいつらが真面目に課題なんかやるとは思ってないさ。ちゃんと提出した六人だって、自分でやったかどうか疑わしい。だがな、出すってことが大事なんだ。わかるか？　単位をくださいっていう、気持ちが伝わってくるからな」

「くだらないですね、先生。それなら課題なんか無意味じゃないですか」

「何度も同じことを言わせるな。ほんとうに欲しいやつには俺は単位は出してる。それだけの話だ。おまえに乗せられてこんなことをしてる三人が、気の毒で仕方がないよ」

本音だった。どういう理由で彼らが漆原学園に来たのか、俺にはわからない。だが、家庭のことなど、いろいろと事情があるのは理解できる。だからこそ、課題ぐらいしっかりやらせて、きちんと単位を出してやりたいのだ。

健一は本気で怒ったようだった。目が充血してきている。

「先生、じ、自分の言ってることが、わかってるんでしょうね。彼らがぼくに乗せられたただなんて」

「違うって言うのか。だいたい、一回試験に出した問題だぞ。しかもレベルは中学校の一年か二年の内容だ。やつらの代わりに、おまえが解いてやれば済むことじゃないか。なんでしないんだ？」

「そ、それは」

「わかってるさ。そんなことをすれば、俺に因縁がつけられなくなるからな」

しばらく健一は沈黙した。

彼の両手が震えているのが、俺にはよくわかった。こんなふうに責められたことなど、これまでの人生で、おそらく一度もなかったのだろう。

「さあ、用が済んだら出ていけ。おまえたちも、いま言ったとおりだ。だれかに解いてもらったものでもいいから、とにかくレポートにして提出しろ。そうすれば、ちゃんと単位は出してやる」

三人は、こうなることを予想していたかのようだった。やっぱりな、という顔で、健一を見ている。

わざとらしく、健一はため息をついた。冷静になろうと努力しているようだ。

「これを言うつもりはなかったんですけどね、先生に」

「なんの話だ」

「奥さんのことですよ。決まってるじゃないですか。狭間弓子先生、って言ったほうがいいかな」

「弓子がどうした」

　俺が言うと、健一はにやりと笑った。一瞬のうちに、彼は落ち着きを取り戻している。

「ぼくが知らないとでも思ってるんですか。学校中で噂になってるっていうのに」

「噂？　どんな噂だ」

「言わせるんですか、ここでぼくに」

　噂の内容を、俺はもちろん知っている。それが原因で、妻とは離婚するかもしれないところまで来ているのだ。だが、生徒たちの間でささやかれていることのすべてが真実というわけではない。

「自信があるのなら言ってみろ。その代わり、覚悟しておけよ、倉本。その噂が嘘だってことがわかったら、おまえがやってることは立派な名誉毀損だ。俺が訴えてやる」

　半分はハッタリだったが、まだ高校生の健一には効果があったようだった。訴訟を起こされた経験などないだろうから、少しは怖くなったのかもしれない。

　ふたたび健一はため息をついた。俺を睨みつけるようにして言う。

「まあ、いいでしょう。奥さんのことは、またにしておきます」

「なんだ、やっぱり自信がないのか」

「違いますよ。先生のためです。これ以上、先生をみじめな立場にしたくはありませんからね」

「ほう、俺がみじめになるような噂なのか」

健一の言っていることは正解だった。

弓子の噂はかなり広まっているし、ある程度のところまでは事実なのだ。これが世間に知られれば、確かに俺はみじめな立場に追い込まれるだろう。

健一以外の三人は、早くここを出ていきたくて仕方がないようだった。

急かされたように、健一が喋りだす。

「これだけは言っておきます。こいつら、不公平は許せないって言ってるんです」

「不公平？　なんのことだ？」

「考えなくてもわかるでしょう。あの噂がほんとなら、こいつらにも権利はある。そういうことです」

健一が言おうとしていることは、俺にもよくわかった。

理不尽な話だが、この三人なら考えそうなことだという気もする。とはいえ、不公平は許せない、などというせりふは、健一が考えたものなのかもしれない。

俺が黙っていると、また健一はわざとらしくため息をついた。

「いまはこのぐらいにしておきます。ただし、きょうのことは父に報告しておきますからね。念のため」

また苦笑に襲われながら、俺は口を開いた。

「父、父って、おまえ、いい加減、自立したらどうなんだ？　いつまでもおやじさんの庇護を受けていられるわけじゃないんだぞ」

健一はまた鼻の穴を大きくふくらませたが、それ以上は何も言わず、三人を引き連れて出ていった。

待ちかねたように、斜向かいの席から北野が声をかけてくる。

「狭間先生、まずいんじゃないかな、あんなこと言って」

「何がですか」

「理事長の息子ですよ、倉本は。父親は強引な男です。息子が侮辱されたって知れば、先生を辞めさせることぐらい、平気でするかも……」

「侮辱しましたか、俺は」

彼の言葉をさえぎって俺が言うと、北野はびくっとした。すぐに顔面が真っ赤に染まってくる。

「いや、こ、言葉の綾(あや)だよ、狭間先生。あいつなら、きっと父親にそんなふうに報告するだろうって気がしたんだ」

「かまいませんよ、べつに。辞めさせたいのなら、そうすればいい。まあ、そう簡単にはいきませんがね」

「どういうことだい?」

「俺だって抵抗しますから。理事長が理不尽に権勢を振るってるうちの学校の現状を世間に知らせる、いい機会かもしれません」

「先生、まさかマスコミにこの話を……」

「しないとは言いきれませんよ。俺だって、自分の生活を守りたいですから」

話は終わった。北野が、突っ込みどころを失ったのだ。

俺は北野が気の毒になった。教師としては優秀だが、もともと気の弱い男で、自分の意見を主張し続けることができないタイプなのだ。

さて、三人はレポートを持ってくるかな？

理事長に辞めさせられるかもしれないということよりも、俺はその問題のほうがずっと気になっていた。

3

学校の裏門の前で、俺は制服警官に車を停止させられた。殺人事件の現場に近いということで、駐車場まで乗り入れることはできなくなっているらしい。

「狭間弓子の夫です」

俺の言葉に、警官はうなずいた。話は通っていたようで、彼が案内を申し出た。

「車はここに置いていってください」

うなずいて、俺は車を降りた。勝手知ったる道だが、彼について歩いていく。

体育館が近づいてくると、さすがに胸の鼓動が速くなった。覚悟はできているつもりだったが、やはり緊張してきた。ほんとうに弓子は死んでしまったのだろうか、という思いが胸に去来する。

「望月(もちづき)警部補、マル害のご主人です」

体育館の入口で警官が声をかけると、スーツ姿の男が姿を現した。年齢は四十代半ばくらいだろうか、やや薄くなった髪をオールバックに撫でつけている。

「狭間先生ですね。どうも、新都心署の望月と申します」

それが礼儀なのか、男はバッジのようになった警察手帳を提示した。望月真吾（しんご）の名前と、警部補という階級がしっかりと記されている。

「弓子の夫の狭間純一（じゅんいち）です」

軽く頭をさげ、俺が靴を脱ごうとすると、望月がそれを制した。

「申しわけないですね。まだ鑑識作業が続いてますんで、靴の上にこれをつけて、そのまま来てもらえますか」

テレビで見かけたことのある光景だった。靴をはいたまま、ゴムのついたビニール袋のようなものをつけさせられた。足跡などがつかないようにするためなのだろう。それをつけ終え、ややぎこちない足取りで望月のあとに従う。

ダンスルームは、体育館の奥に作られている。創作ダンスの授業はここで行われているし、新体操部の練習場にもなっているところだ。

境の扉は開けっぱなしで、入口に到達する前に、俺にはすでに妻の遺体が見えていた。お揃いの制服を着ているのは、鑑識の係員だろうか。刑事らしき者も含め、十数人が動きまわっている。

ダンスルームに入る手前で、俺は足を止められた。少し言いにくそうに、望月が言葉を発する。

「すみません、先生にちょっとお願いがあるんです」

「なんでしょうか」

「手についたものを、取らせていただきたいんです」

「は？　手についたものって……」

「いや、べつに先生を疑ってるとか、そういうことではないんです。関係者には、みなさんにお願いしてることでして」

一応、俺も容疑者の一人ってわけか……。

決して愉快な話ではなかったが、警察への協力を惜しむつもりはなかった。望月に指示されたとおり、作業着のようなユニホームを着た男の前に座る。

「左右の手を順番に、この袋の中に入れていただけますか」

男の言葉にうなずき、まず右手を白い袋の中に入れた。上側も下側も、粘着テープのようになっていた。男が袋を持ちあげ、上下から押さえつけてきた。こうやって、手についていたものを袋の中に残そうとしているらしい。

続いて左手も同じようにして、すぐに俺は解放された。

「申しわけないですね、お手間を取らせてしまって」

詫びながら、望月がまた俺を先導した。

俺はダンスルームに入った。望月に制止されるまで進む。遺体から、約二メートルのところだ。

「どうですか、狭間先生。奥さんに間違いありませんか」

俺はうなずいた。

「ええ、妻の弓子です」

凄惨な光景だった。体育の授業で使うマットが敷かれ、弓子がその上に横たわっているのだ。裸ではなく、淡いピンクのキャミソールだけが、体に残されていた。それがまた余計に陰惨な雰囲気を作り出している。

弓子のレオタード姿には、あこがれる男子生徒も多かった。俺にしても、最初に弓子を女として意識したのは、彼女がレオタードを着たところを見たときだった。新体操部を指導する際、弓子も生徒と同じ格好をしていたのだ。

むっちりと量感をたたえたふとももが、特に印象的だった。くびれたウエストからヒップ、そこから脚へと流れる体の線に、俺自身、どれだけ魅了されたか知れない。

だが、弓子はもう生きてはいないのだ。躍動するあの肉体美を、二度と目にすることはできない。

「もしかして、レイプされてたんですか」

俺は尋ねた。

望月は頭に手をやり、少しだけ首をかしげた。

「うーん、まだはっきりしたことは申しあげられないんですがね、情交痕跡は確かにありました」

情交痕跡。なんと味気ない、虚無感の漂う言葉だろう。好きでもない相手と、弓子はセックスをさせられたのだ。

「うちの署の者が電話で申しあげたと思いますが、奥さんは、首を絞められたことによる窒息死です。検視後、鑑識が取り除いてありますが、お宅の学校の警備員に発見されたときには、首にパンストが巻かれてました」

「パンスト？　パンストで絞められたんですか」

「まあ、そういうことになるんでしょうな」

絶対にあいつらだ。間違いない。あいつらが弓子を……。

倉本健一、牧野、白石、樋口。四人の少年の顔が、俺の脳裏にはっきりと映像を結んだ。薄ら笑いを浮かべる健一の顔が、いまは特に憎々しく思える。

このとき、遺体の傍らにいた男が、望月に向かって手をあげた。

「どうぞ、先生。お近くへ」

望月に促され、俺は弓子に近づいた。顔の真横にひざまずく。

無意識のうちに手を出して、弓子の頬に触れていた。冷たかった。弓子が死んだのだという現実が、俺の胸を突き刺してくる。

「刑事さん、犯人は？」

望月のほうを振り返って、俺は尋ねた。

「いや、捜査はまだ始まったばかりですから」

「わかってますよ、俺。犯人はうちの生徒です。あいつらに決まってます」

俺が言うと、望月は一瞬、呆気にとられたようだった。だが、すぐに表情を引き締めた。逆に尋ねてくる。

「どういうことですか、先生。奥さん、生徒に殺される理由でもあるんですか」

「いくらなんでも、殺される理由なんてありませんよ。でも、犯人はほかに考えられません。お願いします、刑事さん。早く逮捕してください」

「ちょ、ちょっと待ってくれませんか。詳しくお話を聞かせていただかないと」

望月はダンスルームの中を見まわした。一人の男に向かって叫ぶ。

「おい、桐ヶ谷。ちょっと来い」

まだ二十代に見えるスーツ姿の男が、駆け足でやってきた。

「うちの巡査の桐ヶ谷です。こいつがご案内しますので、ちょっと署までおいでいただけませんか。お話をうかがいたいんで」

「かまいませんよ。俺だって、早くあいつらを捕まえてもらいたいですから」

望月が桐ヶ谷に向き直った。

「車でお連れしてくれ。刑事課の部屋でいいだろう。俺はここを片づけて、すぐに追いかける」

「わかりました。ではご主人、どうぞこちらへ」

妻の頬に触れていた手を、俺はようやく引っ込めた。立ちあがり、もう一度、妻の遺体に視線を向けた。目を閉じて両手を合わせてから、桐ヶ谷と一緒に歩きだす。

「先生、どうもご愁傷様でした」

桐ヶ谷が言って、頭をさげてきた。

当たり前の言葉なのだろうが、ずっしりと胸に響いた。このときになって、ようやく涙が出てきた。どんどんあふれてきて、頬を濡らす。あまりにも話が急すぎて、これまで悲しんでいる余裕さえなかったのだ。

靴をカバーしていたビニールをはずし、俺は外に出た。

「車で来てるんで、追いかけましょうか」

俺が言うと、桐ヶ谷は小さく首を横に振った。

「いえ、うちの車でどうぞ。帰りはまた、ここまでお送りしますから」

桐ヶ谷に乗るように言われたのは、覆面パトカーのようだった。俺が後ろに乗ると、彼は運転席に座って車を出発させる。

「お若いのに、刑事さんなんですか」

ハンカチを出して涙を拭い、俺は尋ねた。黙っていると、ますます重い気分になりそうだったのだ。

「高校を出て五年になります。希望どおり刑事になれて、この春から新都心署の刑事課に配属になりました」

「大変なお仕事なんでしょうね」

「ええ、まあ、いろいろと」

桐ヶ谷のほうは、あまり話したくなさそうだった。余計なことは喋るな、と教育されているのかもしれない。

ほんの数分で、車は新都心署に到着した。

事件があったせいか、署はたくさんの人であふれていた。

俺は二階へ案内された。一階とは違い、ここはがらんとしていた。刑事は大部分が現場へ行っているのだろう。

「そこのソファーで、少しお待ちいただけますか。望月も、間もなく戻ってくると思いますので」

かなりへたったソファーに、俺は腰をおろした。スプリングがだいぶ弱っていて、お尻が沈み込む。

桐ヶ谷はどこかへ電話をかけ始めてしまったが、そこにいた三十代後半くらいに見える女性が、お茶をいれてくれた。

「このたびはご愁傷様でした」

「はあ、どうも」

「奥様、お若かったのに、ほんとうに残念でしたね」

唇を噛みしめる彼女の姿が、俺の目には意外に映った。警察官はみなクールで、人の死などなんとも思わないのではないか、と想像していたのだ。

「あなたも刑事さんなんですか」

「私は刑事課ではありません。生活安全課の村井と申します」

深々と頭をさげたあと、女性は思い出したようにデスクまで歩き、名刺を取ってきて差し出した。生活安全課課長、村井沙絵子（さえこ）、と印刷されている。階級は警部だ。

　そのとき、桐ヶ谷が声をあげた。

「村井課長、望月さんから、しばらく狭間先生とお話をしていてくれないか、ってことなんですけど」

「了解よ、桐ヶ谷くん」

　にっこり笑って言い、彼女は俺の正面に腰を沈めた。

「ご夫婦で先生をなさっていたそうですね」

「ええ」

　あらためて見つめてみると、沙絵子はなかなかの美人だった。似ているわけではないが、つい弓子のことを思い出してしまう。

「いいですね、ご夫婦で同じ職場っていうのは」

「どうですかね。けっこう面倒なことも多かったですよ」

　実感だった。まず第一に、同じ学校に狭間先生が二人いるというだけで、かなりの混乱があった。教頭などは狭間のことを、わざわざ「男の狭間先生」と呼んだりする。

　少し表情を引き締めて、沙絵子が喋りだした。

「私は担当ではありませんが、一応申しあげておきますと、奥様のご遺体は解剖されます。いわゆる司法解剖です」

　俺はうなずいた。いまは警察に頼るしかない。一刻も早く、犯人を捕まえてもらいたいという気分だ。

電話を終えた桐ヶ谷が、自分と沙絵子用のお茶を持って戻ってきた。沙絵子のほうに茶碗を差し出したとき、なんとなく彼が頬を赤らめたような気がした。

こいつ、きっとあこがれてるんだな、この女上司に……。

不思議なほほえましさを覚え、俺は少し気分が落ち着いてくるのを感じた。出されたお茶を口にする。

目の前の二人もお茶を口に運んだ。沙絵子の仕草に、また弓子のことを思い出す。

俺たちは、確かに愛し合ってたはずなんだけどな……。

学校内に流れた噂の一部が事実だと知ったとき、俺はショックを受けはしたが、別れようとまでは考えなかった。弓子が謝ってくれさえすれば、必ずやり直せるはずだ、と思っていたのだ。

4

「いやあ、遅くなって申しわけない」

突然、上から降ってきた声で、俺は現実に立ち返った。望月が現場から戻ってきたようだった。

沙絵子はゆっくり立ちあがったのだが、その仕草があまりにも優雅で、俺はうっとりと見つめてしまった。美しい脚だった。ひどい気分のときだけに、なんだか慰められたような気分になる。

沙絵子が座っていた場所に、望月はどっかと腰をおろした。いったん立ちあがった桐ヶ谷が、望月のためにお茶をいれ、茶碗を彼の前に置く。

「お待たせしました。まずお話ししておくと、奥さんのご遺体は解剖にまわされました。司法解剖ってやつです」

「いま村井さんからうかがいました」

「そうですか。不審死の場合は、どうしてもやらなければならないんです。どうかご承知おきください」

沙絵子の体が解剖されるということを、俺はあらためて認識した。仕方がないと思いながらも、やはりあまりいい気分ではない。

「さっそくですが、先ほどの続きを話していただけますか」

望月は一冊の小さなノートを取り出した。ずっとメモとして使っているらしく、だいぶくたびれている。

俺は一度、深呼吸をした。一語一語、噛みしめながら話しだす。

「犯人はうちの生徒です。二年生の倉本、牧野、白石、樋口。この四人です」

「ちょっとここに書いていただけますか。できればフルネームで」

望月が差し出してきたノートに、俺は四人の名前を書いた。すらすらと姓名が出てきたのが、自分でも不思議だった。それだけ彼らのことを、普段から意識していたということなのかもしれない。

俺が書いた名前を、望月は確認するようにしばらく眺めた。

「で、根拠はなんですか、先生。こいつら、奥さんを殺したいほど恨んでいたということなんでしょうか」

「違います。殺したのは、たぶんはずみでしょう」

「はずみ？」

俺はうなずいた。

「四人の目的は、弓子の体だったんだと思います。しかし、弓子が簡単に応じるはずがない。そこで無理やり、ってことになって、最後ははずみで殺す結果になった。俺はそんなふうに睨んでます」

「なるほど、体ですか。あり得る話ですな」

望月があまり話に乗り気でない感じがするのが、俺は気になった。

唐突に、同僚教師の北野から聞いた話を思い出した。学園の理事長である倉本は元警察官で、いまだに警察に顔が利くのだという。

その理由が驚きだった。警察を退職になった者を、倉本は実質的に自分が経営している警備会社に、幹部として迎え入れているというのだ。つまり、倉本の会社は警察官にとって天下り先になっているらしい。

この刑事、まさか理事長の息がかかってるんじゃないだろうな……。

そんな疑いが湧いてきて、俺は憤りを覚えた。

「刑事さん、本気で聞いてくれてますか」

「は？　何を言ってるんですか。決まってるでしょう」

　望月は少し憤然とした。演技とは思えない。

「さあ、続きを聞かせてください。高校生の男子なら、確かに性欲は旺盛でしょうな。奥さんは男子生徒に人気があったという話だし、こういう事件に発展する可能性がないではない。しかし、どうしてこの四人なんですか。そのへんの事情を話していただかないと」

「もちろんお話ししますよ。実は、四日前のことなんですが……」

　数学教官室での出来事を、俺は詳細にわたって語って聞かせた。明かしたくない部分はぼかしたのだが、さすがに警察官である望月をごまかすことはできなかった。話し終えると、さっそく突っ込んできた。

「生徒が言った、不公平だとかいう話が、よくわかりませんね。学校に流れてる奥さんの噂っていうのは、いったいなんなんですか」

　俺はため息をついた。話さざるを得ないようだった。

「三年に坂本という男子生徒がいます。こいつは秀才で、このままいけば東大合格は間違いないだろうって言われてる男です。弓子は彼の担任だったんです」

　俺は言葉を切り、冷めかけたお茶を口に運んだ。いつの間にか、喉がからからに渇いていた。水分補給したところで、ふたたび喋りだす。

「坂本の成績が、ちょっと下降気味になったんです。担任ですから、弓子は当然、心配しますよね。面談で聞いてみたらしいんですよ。何か悩みでもあるんじゃないかって」

「なるほど。それで？」

「坂本が告白してきたんだそうです。先生のせいだ、って」

「先生というのは、つまり奥さんのことですね」

俺はうなずいた。この話をするのは、やはりつらかった。できれば逃げ出したいくらいだが、そういうわけにはいかない。弓子をあんな目に遭わせた犯人を、一刻も早く捕まえてもらわなければならないのだ。

「坂本が言ったんだそうです。勉強していても、いつも先生の体が目にちらついて、どうにも我慢できなくなるって」

「まあ、美しい方でしたからね、奥さんは」

でした、という過去形が、俺の胸に重く響いた。弓子はもういないのだという実感に、押しつぶされそうになる。

お茶の残りを、俺は喉に流し込んだ。一つ咳払いをし、望月と向かい合う。

「問題は坂本の性欲だったわけです。そんなもの、本人が解決しなけりゃいけないものなんですが、自分に何かできることはないかと考えた末に、弓子は抱かれてやったんですよ、坂本に」

「ほう、そりゃあまた……」

望月はさすがに驚いたようだった。

俺にしても、噂が流れたあと、弓子の口から話を聞かされたときは、とても事実とは思えなかった。信じたくなかった、と言うべきだろうか。

「坂本は感激したようで、それからは勉強にも力が入った、と弓子は言ってました。とんでもない方法ではありましたけど、作戦は成功したことになるわけです」

「作戦というのは？」

「欲望を満たしてやれば、またしっかり勉強するようになるんじゃないか。弓子はそんなふうに考えたんですよ」

「なるほど、そういうことですか」

望月はノートに何やら書き込んでいた。内容までは読めないが、メモしている文字は、かなりの達筆だ。

「それが噂になったわけですね」

「ええ。それも、かなりいやな形での噂でした」

「いやな形？」

ここが大事なところだった。俺だって、弓子がやったことが正しいなどと言うつもりはない。しかし、噂は勝手に一人歩きをする。坂本に抱かれた弓子の意図など、まったく無視される形で。

「弓子にあだ名がついたんです。『童貞キラー』っていう」

「そりゃあひどいな」

「弓子は童貞好きで、初体験を済ませていない男なら、だれでも寝てくれる。そんな噂が立ったんですよ。とんでもない話です」

「いくらなんでも……」

「四人の生徒が言っていた不公平というのは、自分たちにも弓子と寝る権利がある、って意味なんです。ほかの生徒と寝たのに、自分たちと寝ないのは不公平だ。そういうことなんでしょう」

話しているうちに、俺の胸にあらためて怒りが湧いてきた。握りしめた拳が、いつしかぶるぶると震えだしている。

「先生のお考えはよくわかりました。不公平だと言った生徒たちが奥さんに迫って、その結果、はずみで殺すことになった。そうおっしゃりたいわけですね」

「はい。三年の生徒と寝たのは事実でも、噂のあとの部分はみんなでたらめです。中には、俺も先生とやらしてもらった、なんて言いふらすやつまでいたようですから、めちゃくちゃです」

「そういう事実はないんですね」

「当たり前じゃないですか。俺は弓子の口から、ちゃんと聞いたんですから」

つい荒々しい口調になってしまうのを、俺はどうすることもできなかった。

「すみませんね、先生。お怒りになるのはごもっともなんですが、私たちは事実を積みあげていかなければなりませんので」

「ああ、こちらこそすみません。つい頭にきちゃって」

「いや、お気持ちはわかりますよ。わかるんですけど……」

望月は言葉を途切れさせた。横を向き、桐ヶ谷に声をかける。

「おい、お茶をいれ直してくれ。いや、コーヒーのほうがいいな。先生はいかがですか。何か別なもののほうがよろしいですかな」

飲み物が欲しいという気分ではなかったが、相変わらず喉はからからだった。

「では、俺もコーヒーを」

「インスタントですがね」

てきぱきとした動作で、桐ヶ谷がコーヒーの用意をしてくれた。三つのカップをテーブルに置き、自分も望月の隣に腰を沈める。

「まあ、冷めないうちにどうぞ」

望月に勧められ、俺はカップを手に取った。まずいインスタントだったが、いまは湿り気がありがたかった。息を吹きかけて冷ましながら、半分ほどを空ける。

「もう一度、確認させてください。先生は四人の生徒が犯人だと思ってらっしゃる。流れた噂を本気にして、生徒たちが奥さんの体を求め、はずみで殺すことになった。こういうことですね」

「はい、そのとおりです」

「ほかに考えられることはありませんか。どんな小さなことでも、殺しの原因になる場合がありますので」

「うーん、どうかな」

俺は一応、思いをめぐらしてみた。

問題があるとすれば、俺も弓子も学校内では反主流派ということかもしれなかった。だからといって、それで弓子が殺されるとは考えにくい。

「特にありませんね。俺も弓子も、学校の体制には反対でしたから、上には睨まれてましたけど」

「ほう、そうなんですか。どういった点で、反対なさってたんですか」

「うちの理事長は都議会議員で、警備会社の実質的オーナーでもある倉本さんなんです」

「存じあげてますよ、倉本さんのことは」

やっぱりな、と俺は思った。

北野が言ったとおり、倉本は警察に顔が利くのだろう。

「彼が理事長になったときから、大改革と称されるものが始まりましてね」

面倒ではあったが、この三年あまりの学園の変化を、俺はかいつまんで説明した。特に強調したのが、勉強のできない生徒を集めたF組の設置についてだった。

F組みたいなクラスを作らなければ、弓子が死ぬことはなかったんだ……。

俺の考えは、結局、そこにたどり着いた。倉本の息子の健一は別のクラスにいるが、もし四人が犯人としてつかまれば、倉本の始めた改革自体を見直すチャンスになるかもしれない。

「わかりました。こんなときに長い時間、申しわけありませんでした」

望月は心から詫びているようだった。一緒に桐ヶ谷も頭をさげてくる。

「明日の午前中には、ご遺体をお返しできると思います。葬儀の準備など、いろいろ大変でしょうが、どうかお気を落とさずに」

「ありがとうございます。四人のこと、よろしくお願いします」

「しっかり捜査いたします。またうかがうことがあるかもしれませんので、その節はぜひご協力を。おい、桐ヶ谷、お送りしろ」
望月に向かって頭をさげ、俺は席を立った。

第二章　懲戒免職

1

翌日の夕刊に、事件の記事が載った。西新宿にある漆原学園高校で、同校教師である狭間弓子さんが何者かにパンストを使って絞殺された、と書かれてはいたものの、暴行されたという記述はなかった。

司法解剖はされたが、遺体は一日で返してもらえた。自宅からほど近い葬祭場で通夜の準備をしている最中に、俺の携帯が震えた。出てみると、新都心署の望月だった。

――お疲れ様です。お引き渡しの際に話があったと思いますが、奥さんのご遺体の情交痕跡は再確認いたしました。その点と、あなたのお話を考慮して、いま例の四人の生徒を署に呼んで話を聞いているところです。いわゆる事情聴取ですね。

「そうですか。で、まだ自供はしてないんでしょうか」

――規則上、詳しいお話はできないんですが、ちょっと困ってましてね。まず、一人には完全なアリバイがありました。倉本健一という生徒です。奥さんの死亡推定時刻に、彼は塾へ行っておりまして、これはすでに確認が取れています。

俺はうなずいた。もともと健一は暴行には加わっていなかっただろう、と俺も思っていた。彼は極度の潔癖症だ。レイプなど、穢らわしく思えてできないに違いない。

だが、最後に手をくだしたのは健一かもしれない、という考えは捨てていなかった。三人にレイプさせたうえで、弓子が「訴える」とかいう話を持ち出したとすれば、健一が口封じをしなかったとは限らない。

しかし、アリバイがはっきりしているのなら、どうやらそれもなかったようだ。

「ほかの三人は?」

——驚いたことに、学校のダンスルームで奥さんと接触したことは三人とも認めてるんですよ。

「会ってたんですか、弓子に」

——そういうことです。

「呼び出したんでしょうね、あいつらが」

——そのとおりです。各人の供述が一致してますので、これは間違いないと思います。ただね、殺したのは自分ではない、とそれぞれが頑強に否定しとるんです。それに、レイプなどは絶対にしていない、と言い張っておりまして……。

「待ってください、刑事さん。あいつら、まさか合意のうえでのセックスだった、なんて言ってるんじゃないでしょうね」

——そのまさかなんですよ、先生。三年生にやらせて、俺たちにやらせないのはおかしいって抗議したら、素直にやらせてくれた、とまあこんな具合でして。

「馬鹿な。それをそのまま信じたりしないでくださいよ」

――いや、もちろんきちんと捜査はします。ただ、われわれがやるのは事実の積み重ねなんですよ、先生。彼らがそう証言してる以上、それを覆すような新しい証拠が出てこない限り、これ以上、責めるわけにはいきませんからなあ。

冗談じゃない。犯人はあいつら以外には考えられないんだ。弓子が素直にやらせてくれただと？　ふざけやがって……。

怒りが沸騰してくるのを、俺は抑えることができなかった。望月の言っていることは正論だし、彼に文句をつけたところで仕方がないとわかってはいるのだが、何か言わなければ気が済まない。

「刑事さん、まさかうちの理事長に気をつかってるんじゃないでしょうね」

――は？　なんのことですかな。

「倉本理事長ですよ。調べていただいた倉本健一は、彼の息子なんです。理事長は元警察官だし、いまは都議会議員で、名前だけは別の社長にしてるが、実質的に彼が経営してる警備会社は警官の天下り先だって話も聞いてる。倉本のおやじさんに言われて、捜査の手をゆるめてるとかいうこと、ありませんか」

――ば、馬鹿なことを言ってもらっちゃ困る。こう言っちゃなんだが、私は警察官を拝命して三十年だ。捜査畑も二十年になる。どんな妨害が入ろうと、捜査は思ったとおりにやってきたという自信がありますよ。

今度は望月が気色ばんだ。口調は真剣で、嘘はなさそうだった。

ここは素直に謝ったほうがよさそうだな、と俺は判断した。

「すみません。余計なことを言いました。しかし、俺にはあいつらしか考えられないんですよ。お話ししたように、俺を挑発するようなことを言ったあとで、こんな事件が起きたわけですから」

――お気持ちはよくわかりますよ、先生。ただ、先ほども申しあげたとおり、われわれとしては、一つ一つ事実を積みあげていくしかないんです。その点、わかっていただかないと……。

一瞬のうちに、望月は憤りを抑え、落ち着きを取り戻していた。このあたりは、さすがにベテラン刑事だ。

一応、詫びは入れたものの、俺はもちろんあきらめたわけではなかった。さらに言葉を続ける。

「新しい証拠って、何が出てくればいいんですか」

――いや、ですから、四人の言葉をひっくり返すようなものです。実際に、あいつらが奥さんの首を絞めているところを見たって人が出てきたりすれば、即、彼らが犯人ってことになるわけですから。

当たり前の話だった。これ以上、会話を交わしていても、新たな展開はありそうもない。

「また何かわかったら、知らせてもらえますか、刑事さん」

――そのつもりです。ご心痛でしょうが、少しでも元気を出してください。われわれも必死で捜査を続けますんで。

話はそれでおしまいだった。

携帯をオフにした瞬間、思わずため息がもれた。一日が経過して、四人の生徒に対する憎しみは、いちだんと強いものに変化している。

通夜の開始時刻まで、十分を切った。俺は遺体に近づいた。棺桶の小窓を開け、もう二度と目を開けることのない弓子を見つめる。

まるで眠っているような、静かな表情だった。弓子の特徴でもある肉厚の唇には、薄く口紅が引かれていた。本人が一番気に入っていた、ピンクのルージュだ。

あいつらなんだろう？　弓子、おまえを殺ったのは、あいつらなんだよな……。

答えが返ってくるはずもない問いかけを、俺はせずにはいられなかった。別れることになりそうだったとはいえ、ずっと愛してきた女なのだ。仇を取ってやりたいという思いが、どうしても胸に湧いてくる。

「先生、そろそろ外に弔問の人たちが来てるよ」

声をかけられて、俺はハッとなった。担任をしている二年A組の生徒、野島有紀（のじまゆき）だった。きょうは学校が終わると同時にここへ駆けつけてきて、ずっと手伝ってくれている。一年のときから、この子は俺にため口を利く。ほかの教師には普通に敬語を使うらしいから、不思議な話だった。

「もうじきお坊さんが始めてくれるだろう」

「先生、大丈夫？　とっても疲れてるみたいだけど」

俺の肩に右手をかけ、有紀が心配そうにささやいてきた。妙になれなれしいのも、一年のときからだ。教え子とこうして体を触れ合うだけでも、教師としてはまずいのだ。俺にとって彼女は、どちらかといえば苦手な女の子ということになる。

「心配いらないよ。これでもけっこうタフなんだ」

できるだけさりげなく、俺は有紀の手を振り払った。無理に笑ってはみたが、顔が引きつってしまうのは仕方のないところだった。

「私にできることがあったら、遠慮なくなんでも言ってね、先生。ほんとうに、なんでもするから」

「あ、ありがとう。やさしいんだな、おまえ」

少しとまどって俺が言うと、有紀はじっと俺を見つめてきた。

「当たりじゃない。先生のこと、好きだもん」

「えっ？　な、何言ってるんだ、おまえ」

あまりにもストレートに言われ、俺は面食らった。有紀の態度から、俺に少し特別な思いを抱いているのだろうということは想像できたが、こんなことを言われたのは初めてだった。一応、はっきりさせておかなければならない。

「あのな、野島。俺は教師、おまえは生徒だ。好きとか嫌いとか、そういう関係になるわけにはいかないいんだ。わかるな？」

「わかんないよ、そんなの。ぜんぜんわかんない。好きなんだもん、先生が」

まわりに他人もいないわけではないのだ。二人でこんな会話を続けているわけにはいかない。

「とにかく、何日か、俺は学校を休むことになる。担任の代わりは教頭、数学は北野先生が教えてくれるはずだ。みんなにそう伝えてくれ」

「わかった。でも、やっぱりいやだな。数学は先生じゃないと」

有紀の目から、なんと涙が糸を引いた。俺はびっくりするばかりだ。

「おいおい、どうした？　そんな顔をするな」

「だって、寂しいんだもん」

俺の中で、意外な感情が生まれた。なれなれしくされることに、なぜか嫌悪感を覚えなくなったのだ。有紀はもともと美しい女の子だ。苦手だと思ってはいたが、べつに嫌いだったわけではない。

ただ、そろそろ準備をしなければならない。

「野島、きょうは手伝ってくれてありがとう」

うなずきながら、有紀は必死で笑おうとしたようだった。やや表情が硬いが、それでも浮かんできた笑みを、俺は初めて魅力的だと感じた。

高校二年の女の子といえば、もう立派な一人の女性だ。もちろん、教え子の有紀をどうこうしようなどという気はさらさらないが、慕ってくれるのはやはりありがたかった。ずっと苦手な女の子だと思ってきたが、こんなときだけに励みにもなる。

有紀が受付をするために離れていき、間もなく弔問客が場内に入り始めた。座席は四十しかないので、親戚や親しい友人たちだけでいっぱいになるはずだった。あとの人たちは立ったままお経を聞き、焼香して帰ってもらうことになる。

喪主はもちろん初めての体験で、それなりに緊張はしたものの、葬祭場のほうが取り仕切ってくれたため、通夜は滞りなく進んだ。最後の挨拶はさすがにぎこちないものになったが、なんとかやり抜けた。

やっぱり疲れたな。早く帰って一杯やりたい……。

通夜が終わり、そんなことを考えていると、俺はいきなり腕をつかまれた。校長の酒井だった。だれもいない場所へ引っ張っていき、険しい表情で話しかけてくる。

「とんでもないことをしてくれたな、狭間くん。いったいどういうつもりなんだ？」

「なんのことですか」

「とぼけちゃいかんよ。倉本くんたちが犯人だと、警察に言ったらしいじゃないか」

結局、この男は理事長の手先でしかないのだな、と再確認する思いだった。俺が警察に言ったことが、そのまま伝わっているあたりが、やはり理事長である倉本の力なのかもしれない。

「怪しいものを怪しいと言って、どこが悪いんですか。あいつらが数学教官室へ来て何を言っていったか、校長だってお聞きになってるでしょう」

「ああ、聞いたよ。だが、倉本くんは関係ない。実際、彼は犯行があった時間に塾へ行っていたんだからな。理事長は、かんかんになってらっしゃるぞ」

「べつにかまいませんよ、理事長がどれだけ怒ろうと。俺は早く犯人を捕まえてほしいだけです。実行犯はF組の三人でしょうが、首謀者は倉本かもしれませんよ。あいつが三人を使ってやらせた可能性だってある」

「おい、めったなことを言うもんじゃないぞ、狭間くん。きみの言ってることには、なんの根拠もない」

ますます気分が悪くなってきた。できることなら、この場で酒井を殴り飛ばしてやりたいところだ。俺はため息をついて言う。

「校長も、そろそろ目を覚まされたらどうですか。倉本の態度、どう考えたっておかしいでしょう。三人をボディーガードみたいに従えて」

「何を言ってるんだ、きみは」

「事実を話してるだけですよ。あれじゃ倉本はチンピラの親分だ」

「こ、言葉に気をつけろ。さっきも言ったとおり、今回のことでは、倉本くんにはちゃんとしたアリバイがあったんだ。それなのに……」

「いい加減にしてください」

酒井の言葉をさえぎって、俺は怒鳴りつけた。

ぶるっと身を震わせた酒井は、信じられないという顔で俺を見る。

「俺は妻を殺されたんだ。わかりますか、校長。殺人事件の被害者の家族なんです。あなたの保身に付き合ってる暇はない。これで失礼しますよ」

口をぱくぱくさせている酒井を残し、俺はその場を去った。

すぐに帰りたいという気持ちはあったが、まだやるべきことがたくさんあった。自分の実家は東京だからいいようなものの、弓子の両親は福岡から出てきているのだ。これからどこかで食事をとらせ、泊まっているホテルへ送らなければならない。

だが、ここで俺のおやじがそばにやってきた。

「弓子さんのご両親のことは、俺と母さんに任せておけ」

「いや、でも……」

「いいんだ。おまえは当事者なんだし、まだ犯人も捕まってないんだろう？　きょうは早く帰って寝ろ。明日の葬儀もあるしな。もちろん、明日も二人の面倒は俺たちが見る。おまえは何も心配するな」

ありがたい話だった。とにかく一人になりたい。いまはそんな気分なのだ。

2

結局、父に甘えることにして、俺は間もなく一人で葬祭場を出た。車でいったん家に帰ったあと、歩いて二十分ほどのところにある、歌舞伎町のショットバー『ラーク』に顔を出した。

「ああ、先生。大変だったね」

マスターの山木（やまき）が、さっそく声をかけてくれた。事件のことは、おそらく新聞で読んだのだろう。

何も注文しないうちから、ラム酒のソーダ割りが出てきた。

「俺からのお悔やみだ。一杯、奢らせてもらうよ、先生」

「すみません、マスター。遠慮なくいただきます」

ここは何を飲んでも、一杯目が場所代を入れて千円。二杯目からは五百円という店だ。一杯ごとの精算で、つまみの注文は受け付けない。テーブルに置かれた瓶から、豆類を勝手に取って食べるシステムになっている。

喉を通り抜けた酒が、いつもよりだいぶ効いているように思えた。食道のあたりが、カッと熱くなる。

考えてみたら、朝から何も食べていなかった。苦笑しながら豆をつまみ、酒をあおる。

「ほんとうにご愁傷様だったね、先生」

新たに声をかけてくれる人物がいた。

いつの間に入ってきたのか、この店の常連、大滝源治郎（おおたきげんじろう）だった。もともとは外科医で、麻布十番のほうで病院をやっていたらしいのだが、いまはそこを息子に譲り、悠々自適の暮らしをしていると聞く。

「ご隠居、きょうは一人にしてあげたほうがいいんじゃないかな」

マスターが言葉を挟んできた。

大滝のことを、常連はみな『ご隠居』と呼んでいる。俺もいつからか、自然にそう呼ぶようになった。

「かまいませんよ、マスター。ご隠居と話してると、俺も落ち着きますから」

「ありがたいね、そんなふうに言ってもらえると」

大滝も注文はしなかったが、すぐにスコッチの水割りが出てきた。大滝の手からマスターに千円札が渡される。

「一応、お清めの乾杯だ」

大滝に言われ、俺は自分のグラスを持ちあげた。かちんと合わせる。

「余計なことかもしれんが、いいかな、ちょっと」

普段とは違う、おずおずとした感じで大滝が言った。

「かまいませんよ。どうぞ」

「新聞には奥さんが殺されたとしか出ていなかったが、もしかして、レイプでもされてたんじゃないのかな?」

俺はぎくりとした。じっと大滝を見つめる。

「ご隠居、どうしてそれを」

「いや、ちょっとそんな気がしたものだからね。話したくなければ、あえて言う必要はないんだが」

「かまいませんよ。実はそのとおりなんです。犯人までわかってるのに、警察はちゃんと捜査してくれないんです」

「犯人というのは?」

「生徒です。うちは変な学校でしてね。各学年に一つだけ、ぜんぜん勉強ができなくても入れるクラスがあるんですよ。そのクラスの三人が、間違いなく弓子を殺したんです。ほかには考えられません」

　俺は自分でも驚くほどぺらぺらと喋りだした。なかなか動いてくれない警察への不満を、どこかでぶちまけたかったのかもしれない。

　大滝は、真剣な表情で耳を傾けてくれた。

「三人の名前とかも、教えてくれるかな」

　なぜこんなことを尋ねてくるのかが疑問だったが、あえて秘密にする理由もなかった。牧野、白石、樋口の名前を、俺はフルネームで口にする。

「普段から、とんでもないやつらなんです。それでも卒業はするって親と約束でもしたのか、授業だけはちゃんと出てくるんですよ。いっそのことサボってくれたら、退学にすることもできるんですがね」

「親と約束ね。親の言うことなんか、もう何も聞かない連中なんじゃないのかい？」

「さすがですね、ご隠居。確かにそのとおりのようです。本人たちにしてみれば、学校へただ遊びに来てるようなものなんですよ。親がかなりの金を渡してるから、三人でマンションを借りてるなんて噂までありますから」

　これは噂ではなく事実だった。書類上は、学校の近くに設けられた寮に入ったことになっている。だが実際には、三人はそのマンションから学校へ通っているのだ。山手線の新大久保駅の近くだ。

「マスター、先生と私にお代わり。私の奢りにしてくれ」

すぐにグラスが出てきて、大滝はまた千円札を一枚、マスターに渡した。

「ありがとうございます、ご隠居。ご馳走になります」

「今夜はたっぷり飲むといい。明日、葬儀だろうから、二日酔いでも困るだろうがな」

一度は感じた空腹感が、だんだんと消えてきた。酔いがまわってきたせいかもしれない。

倉本健一を含めた四人の生徒に対する怒り、動きの鈍い警察への不満を、俺は大滝に向かって喋り続ける。

「警察っていうのは、なんでも簡単に信じるものなんですかね。三人が言ったことに、なんの疑いも抱いてないみたいなんですよ、ご隠居」

「まあ、そんなものだと思っていたほうがいい。証拠がなければ釈放、これが警察の基本だ。その三人、これまでだって、いろいろ悪いことをしてきてるんじゃないのかね？」

「おっしゃるとおり。いわゆるいじめの首謀者でもあるんです」

これも事実だった。金に困っているわけでもないのに、ほかの生徒から金を脅し取ったりする。いわゆるカツアゲというやつだ。遊びでやっているとしか思えないが、脅されるほうはたまったものではない。

F組の生徒が問題を起こし、職員会議の議題になることも珍しくなかった。

それでも、結局はなんの処分もしないまま終わるのが常だった。F組は学園の収入源、という考え方があるからだ。三年たてば、自然にみんな出ていくのだから、という校長の言葉で、いつも対応はうやむやになってしまう。

俺は五杯のソーダ割りを飲んだ。

カウンターしかないバーで、徐々に客が減っていき、そろそろ俺も帰ろうかなと思っていたころ、ドアが開いて一人の男が入ってきた。彼も常連だから、よく知っている。大滝に向かって頭をさげ、俺に軽く手をあげると、男は一番奥の席に座る。

「こういう時間に三澤さんが来るときは、なんだか怪しいな」

言いながら、マスターがスコッチのオンザロックを出した。男は千円札を手渡す。

三澤浩次。南新宿に事務所のある暴力団、山木会のナンバー2と言われている男だ。いつもきちんとしたスーツ姿なのだが、初めて会ったときから、俺は不思議な威圧感を覚えている。

「怪しいなんて言わないでくださいよ、若。私の話はいつも同じです。いい加減、おやじさんを安心させてやってくれませんか」

ひと口、酒を飲んでから、三澤が話しかけた。

マスターの山木は、実は山木会会長、山木東吾の一人息子なのだ。父親がやっていることに反発して二十代のうちから家を飛び出し、いろいろあった末、三年前にこの店を開いた、と俺は聞いている。

「三澤さんには感謝してますよ。三十年近くも、ずっとおやじの面倒を見てもらってるんですから」

「そんな言い方をされると困りますよ、若。私にとって、おやじさんは命の恩人です。おやじさんに死ねと言われれば、いつでも死ぬ覚悟で生きてるんです」

マスターが苦笑した。

「そこまで言ってくれるんなら、山木会は三澤さんが継げばいいじゃないですか。俺なんかに頼らずに」

「何度も言わせないでください、若。おやじさんは、もう会を続けようなんて思っちゃいませんよ。荒っぽい連中もたくさんいるが、若いのはみんな手に職をつけさせて、一般の企業に就職させたりもしてるんです」

「だけど、いまだに街宣車を走らせてるじゃないですか。このへんにも来ることがありますよ」

「あれはポーズですよ」

「ポーズ？」

「前にお話ししなかったかな。政治結社を名乗ってる以上、それなりの活動をしないと税の優遇を受けられないんです」

三澤とマスターの会話を聞くたびに、俺は新鮮な驚きに襲われてきた。

山木会が別名で政治結社の登録をしているという話も、ここで初めて聞いた。暴力団が税の優遇を受けているなどと聞くと笑ってしまうが、組員たちのために、会長の山木はいろいろ骨を折って、彼らがなんとか生活できるようにしているらしい。

「おやじさんだって、若にあとを継いでほしいなんて考えちゃいませんよ。若もご存じのとおり、うちは真っ当な金融業もやってるんです。若にはそっちの社長を引き受けてもらえれば、それで私たちは安心できるんです」

「勘弁してくださいよ、三澤さん。俺も必死で頑張って、ようやくこの店が軌道に乗ってきたところなんですから」

「ここは副業で続ければいいじゃないですか」

「副業？」

「私も気に入ってるし、ここがなくなるのは寂しいですからね」

三澤はロックグラスを取り、残りの酒を喉に流し込んだ。ゆっくりと席を立つ。

「また来ます。近いうちに、おやじさんのところに顔を出してやってくださいよ、若」

マスターは「ありがとうございました」と言っただけで、返事はしなかった。

苦笑しながら、三澤が店を出ていく。

「いやあ、相変わらずだね、マスターは。大したもんだ」

声をあげたのは大滝だった。

マスターは小さく首を振る。

「俺だって偉そうなことは言えないんですよ、ご隠居。ご存じでしょう？　端っことはいえ、歌舞伎町に店を出しておきながら、どこからもミカジメ料やら何やらを請求されないのは、おやじの力が働いてるおかげなんですから」

「それがわかってるだけでも、あんたはすごいよ。マスター、あんたに一杯、私と先生にももう一杯ずつつくれ。山木隆博（たかひろ）に乾杯しよう」

「ありがとうございます」

マスターはにっこり笑い、すぐに俺のソーダ割りと、大滝の水割りを用意してくれた。自分もロックグラスを持ち、二人とグラスを合わせる。

不思議な縁だよな。俺がヤクザの息子と乾杯してるなんて……。

そんなことを考えながら、俺は酒を喉に流し込んだ

3

葬儀はなんとか無事に終えたが、俺の気分はすぐれなかった。新都心署の望月から何度か電話をもらったものの、捜査にはあまり進展が見られないのだ。

四人の生徒については、半日かけて事情を聴きはしたものの、証拠もつかめないまま帰してしまったのだという。その後、呼び出したりもしていないようだ。

三日間休んだだけで、俺は学校に出てきた。駐車場で車から降りると、すぐに人影が近づいてきた。

「先生」

有紀だった。

「どうしたんだ、野島」

「待ってたに決まってるじゃない、先生を。お葬式の翌日から、毎朝、ここで」

「言ったじゃないか、しばらく休むって」

「でも、早く会いたかったから」

あらためて見つめてみると、有紀はとんでもなくかわいかった。ぱっちりした目が印象的で、鼻筋がまっすぐに通っている。

しかも、これまでまったく意識したことはなかったのだが、制服のスカートがかなり短めなのだ。むっちりした素足の白いふとももが、裾から大胆に露出している。

有紀が身を寄せてきた。顔はもう十センチと離れていない。

「先生、このあいだも言ったけど、私にできることがあったら、なんでも言ってね。私、ほんとうになんでもするから」

「あ、ありがとう、野島」

言葉が続かなかった。みっともない話だが、明らかに俺は性的な刺激を受けてしまっていたのだ。

もちろん、大事な教え子に手を出そうなどとは思っていない。だが、体は素直に反応して、ズボンの前が突っ張ってくる。

有紀のほうは、さらに積極的な行動に出た。俺のウエストに、両手をまわしてきたのだ。顔が、ほとんどくっつきそうなところまで来ている。

「先生が大変なときだってこと、よくわかってるよ。奥さんを亡くされて、すごく落ち込んでるってことも。でも、これだけは言わせて。私、先生が好き」

「野島……」

「いますぐ付き合ってくれなんて言わないよ。だけど、私の気持ち、知っておいて。私、本気なんだ。先生のこと、ずっと前から……」

有紀の目から、涙がこぼれ落ちた。澄んだ目が、ますます透き通ったように見える。

そっとではあったが、俺は有紀の肩を抱いた。ごく自然に、二人の頬が触れ合った。涙に濡れてはいるが、すべすべの肌の心地よさに、俺は陶然となる。

手に力を込めたくなるのを、俺は必死でこらえた。下半身が密着しないように、やや腰を引きながら、有紀の耳もとにささやきかける。

「うれしいよ、野島。おまえの気持ち、すごくうれしい」

「ほんとに？　先生も私のこと、少しは女だと思ってくれるの？」

「当たり前じゃないか。とってもすてきな女性だよ、おまえは」

本音だった。苦手意識はあっても、担任になった当初から、実は有紀が気にはなっていたのだ。もう独身ではないのだし、生徒を好きになったりしてはいけない。そんな思いで、知らず知らずのうちに自分の思いを抑えていたのだろう。

「お、俺も有紀が好きだ」

ごく自然に、ファーストネームで呼んでしまった。

「ああ、先生」

とうとう有紀が抱きついてきた。

俺も、もう下腹部がくっつくことなど気にしなかった。有紀の体をぎゅっと抱きしめ、頬を激しくこすりつける。

　この子が欲しい、と本気で思った。

　しかし、その欲望を抑えるくらいの理性は残っていた。有紀も言ったとおり、妻が死んだばかりなのだ。いくらなんでも、すぐにほかの女性と、しかも生徒と関係を持つわけにはいかない。

「ありがとう、有紀。ほんとうに励みになるよ。でも、教え子のおまえと付き合うわけにはいかない。わかるだろう？」

　頬ずりをしたまま、有紀は返事をしなかった。

「俺は弓子を愛してた。だから、早く犯人を捕まえたい。警察に捕まえてもらうんじゃなくて、俺が自分の手で捕まえたいくらいなんだ。だから、いまはそのことだけを考えたい。それが済んだら、おまえとのことを真剣に考える。どうだ？」

　自分でもびっくりするぐらいに、すらすらと言葉が出た。

　ハッとしたように、有紀が顔を離す。

「先生、ほんとに？　私とのこと、本気で考えてくれるの？」

「俺だって、おまえが好きだ。もちろん本気で考えるさ」

「先生……」

　あらためて抱きつかれ、俺も抱きしめ返した。

　俺は不思議な幸福感を覚えた。とはいえ、いつまでもこうしているわけにはいかなかった。ここは学園の駐車場なのだ。車通勤の教師も十人ほどいる。いつだれがやってこないとも限らない。

俺は有紀の肩に手をやり、体を離した。

「さあ、そろそろ行けよ。おまえのこと、ずっと見てるから」

小さくうなずいた有紀の額に、俺は軽く唇を押しつけた。

有紀の顔が、一瞬のうちに真っ赤に染まった。魅惑的な笑みがこぼれる。

「ありがとう、先生。大変だろうけど、頑張って。私、先生のためなら、ほんとになんでもするから」

「ああ、わかってる。あとでな」

ぺこりと頭をさげて、有紀は去っていった。スカートの裾から露出した白いふとももがまぶしかった。どうしても目を吸い寄せられる。

俺は弓子を裏切ってるわけじゃない。でも、とにかく事件を早く解決しないとな。有紀のことはそれからだ……。

気を引き締め直し、俺は教師用玄関に向かった。

数学教官室に入ると、みんなから悔やみと労(ねぎら)いの言葉をかけられた。全員が葬儀に出席してくれたし、心配してもらえるのは、やはりありがたかった。

特に北野は、沈痛な面持ちで話しかけてきた。

「大変だったね、狭間先生。弓子先生とはぼくも親しくさせてもらってたから、ほんとうに残念だよ」

「北野先生には、ずいぶんお世話になったみたいですね。弓子の生前は、いろいろとありがとうございました」

　俺は素直に頭をさげた。

　北野は完全な理事長派ではあるものの、弓子との付き合いは俺より一年長い。弓子から見ると二年先輩で、同じ学年の担任をやっていたこともあったため、弓子はときおり北野に相談に乗ってもらっていたようなのだ。

「いや、ぼくは何もしてないよ。弓子先生がF組の生徒たちに呼び出されたとき、もしぼくに話してくれてたら、なんとかできたって気もするんだけどね。ちょっと責任を感じてるんだ」

「それを言うなら、俺の責任のほうがずっと大きいですよ。夫なのに、妻からそういう相談さえ受けられなかったんですから」

　俺は反省せざるを得なかった。

　弓子が殺された当日、学校を出る前に、俺は実際に彼女と話をしている。あのとき、すでに弓子は例の四人、あるいは三人から、呼び出されていたはずなのだ。しかし、妻はそれについてはひと言も触れなかった。

　弓子は俺を信用していなかった、ってことなんだろうな……。

　深いため息をついたとき、事務員の一人が教官室に顔を出した。

「狭間先生、校長先生がお呼びです」

「校長が？」

「すぐに校長室まで来てくれ、とのことです」

「わかりました」

通夜の席での校長との会話を思い出し、俺はますます重い気分になった。だが、べつに校長が怖いわけではなかった。ゆっくりと腰をあげる。

すぐに北野が声をかけてきた。

「何か厭味を言われるだろうけど、気にする必要はないよ、狭間先生。教師をいじめるのが楽しくて仕方がない人なんだから、校長は」

「ありがとうございます。大丈夫、適当に聞き流しておきますよ」

礼を言いながら、俺は意外な気がした。北野ははっきりとした理事長派、つまりは校長派でもあるわけだ。なぜこんなことを言いだしたのかがわからない。

まあ、いいさ。俺は被害者の夫なんだ。何も文句を言われる筋合いはない……。

三階にある数学教官室を出て、俺は一階の校長室に向かった。

ノックして入ると、応接セットのソファーに座った理事長、倉本の姿がまず目に入ってきた。

「おお、待ってたよ、狭間くん」

窓際のデスクの前にいた校長が、歩いてきて倉本の隣に腰を沈めた。

「失礼します」

俺は一礼し、彼らの正面に座った。

いきなり倉本が話しだす。

「困ったことをしてくれたね、狭間先生」

「どういうことでしょうか」

「とぼける気かね？　きみがおかしなことを言ったせいで、うちの健一までもが警察で取り調べを受けたんだ」

「あれは取り調べではありませんよ、理事長。任意の事情聴取です。場所だって、応接室を使ったって聞いてます」

「どちらでも同じことだ」

それまで腕組みをしていた倉本が、平手でばんとテーブルを叩いた。

「いいか、狭間先生。もう大人に近いとはいえ、健一はまだ十七歳の少年なんだ。そんなあいつが警察に連れていかれて、どんな気分になったと思う？」

「さあ、どんな気分でしょうね。悪いことをしていなければ、特に怖がることはないと思いますが」

「ふざけるな」

もう一度、テーブルを叩いて、倉本は腰を浮かしかけた。咳払いをしてから座り直し、身を乗り出してくる。

「よく聞けよ、狭間先生。警察に呼ばれたなんてことが噂になれば、それだけでもう犯罪者扱いをする。世の中っていうのは、そういうものなんだ。健一のことが噂にならないように、私がどれだけ苦労したと思ってるんだ？」

「ほう、抑え込んだんですか。さすがは元警察官ですね」

「ば、馬鹿にしてるのか、きみは」

「とんでもない。本気で感心してるんですよ。そういえば、新聞にはレイプの件は出ていませんでしたね。あれも理事長が抑えたんですか」

沸騰しつつある怒りを抑え、できるだけ冷静な口調で俺は言った。ほんとうなら目の前にいる二人を、殴り飛ばしたいくらいの気分なのだ。

だが、怒ったのは二人のほうだった。

理事長同様、顔を真っ赤にして校長が言う。

「言葉を慎みたまえ、狭間くん。奥さんが殺されたのは気の毒だが、理事長のご子息にはなんの関係もない。F組の三人が奥さんと関係を結んだことは事実らしいが、あれだってレイプなんかじゃなかった、って話じゃないか」

「それはやつらの言い分でしょう。まだ何も証明されたわけじゃない」

「しかし、警察は彼らを家に帰したんだぞ。疑いは晴れたわけだろう?」

俺は苦笑するしかなかった。

確かに、三人の生徒と弓子のセックスは、レイプではなかったのかもしれない。三年生の坂本とのことを指摘され、無理やり関係を迫られたとすれば、弓子が仕方なく応じた可能性もある。

しかし、最終的に弓子は殺されたのだ。直接、倉本の息子はからんでいないのかもしれないが、あの三人以外に犯人を想定することは、俺には不可能だった。

「少なくとも、俺は疑いを捨ててませんよ、校長。三人は、弓子とセックスをしたことまでは認めてるんです。弓子はその直後に殺されてる。レイプかどうかはともかくとして、なんらかの形で揉めて、あいつらのうちのだれかが殺したって考えるのが普通でしょう」

「それこそ、きみの勝手な解釈だろう」

今度は倉本が反駁してきた。

「だいたい、とんでもない教師だったんだよな、きみの奥さんは。教え子である男子生徒を誘惑するなんて」

「違いますよ、理事長。弓子が誘惑したわけじゃない」

「言い方なんかどうでもいい。男子生徒とセックスをしたことは事実だろうが」

「俺だって、方法が適切だったとは思ってませんよ。でもね、理事長、弓子は本気で坂本のことを心配してたんです。坂本に安心して勉強を続けさせるにはどうしたらいいか、真剣に考えた結果、したことなんですよ」

「どうだかな」

倉本は鼻で笑った。

「噂によると、きみの奥さんは童貞キラーだったそうじゃないか」

「いい加減にしてください、理事長。根も葉もない噂です」

今度は俺がテーブルを叩いた。

それでも倉本は反論する。

「しかし、火のないところに煙は立たない、とも言うぞ」

「だったら証拠を出してください。坂本以外に、弓子に童貞を奪われたなんて男が実際にいるんですか」

一人歩きをしている噂には、そんな話も出ているが、でたらめに決まっている。

「いや、そこまでは……」

少し困った顔をして、倉本が校長のほうを見た。

咳払いをし、あらためて校長が話しだす。

「われわれはね、狭間くん、学園のためにも、事件を大きくしたくはないんだ。きみだって教師なんだから、そのぐらいのことはわかるだろう」

「わかりませんね。ぜんぜんわかりませんよ、校長。真犯人が逮捕されなくてもいいって言うんですか」

「そうは言っておらんよ。犯人は、そのうち警察がちゃんと見つけてくれるさ。ただ、きみにいろいろ動かれると、うちとしても面倒なことになるんだ。実際、週刊誌の記者なんかも取材に来てるしな」

「週刊誌？」

「エロ雑誌みたいな本の記者だ。きみの奥さんが童貞キラーだったということを、ネタにしたいらしい。そんな記事を書かれたら、わが校の恥だし、夫として、きみだって困るんじゃないのかね？」

理事長や校長が何をしたいのか、俺はだんだんわからなくなってきた。

「結局、俺にどうしろとおっしゃりたいんですか、校長は」

「う、うん、いや、だからだな……」

校長が言葉に詰まると、今度は倉本がしゃしゃり出てきた。

「簡単なことだよ、狭間先生。辞表を出してくれればいい」

「辞表？　どういうことですか。意図がわかりませんよ、理事長」

倉本の意図ぐらい、もちろん俺にもわかっている。この事件のついでに、改革の反対派である俺を、学園から追放してしまいたいのだ。

「さっき校長が話したように、下劣な週刊誌の記者なんかも嗅ぎまわってる。きみがこの学園にいたら、もっと話が大きくなるに決まってるんだ。亡くなった奥さんのためにも、きみだってそんなふうにしたくはないだろう？」

「お言葉ですがね、理事長、俺は一刻も早く犯人を捕まえたいんです。まあ、間違いなくあの三人、あるいはあの中の一人でしょうがね。週刊誌に書かれたって、痛くもかゆくもありませんよ。俺のほうから取材に応じて、真実を話してやってもいいくらいだ」

「ば、馬鹿なことを言うもんじゃないよ、狭間くん。そんなことをして、きみになんの得があるんだね？」

口から泡を吹き出しそうな勢いで、校長が言った。

「俺は損得勘定で生きてるわけじゃありませんよ、校長。必要なら取材に応じて、しっかりと俺の知ってる事実を話してやります」

「くだらないことを考えるな、狭間くん。きみの奥さんの悪い噂が、校内だけじゃなくて、全国に広まるんだぞ」

「俺がそんなことはさせません。記者には事実をちゃんと話しますよ。理事長の改革でF組を作ったせいで、学園が荒れてきたってこともね」

とたんに、倉本が目を丸くした。

「馬鹿な。何を言ってるんだ、きみは」

「考えてみてくださいよ、理事長。もし勉強のできない生徒も受け入れるなんて制度がなければ、今回の事件は起きてないんですよ」

「そ、それは……」

「問題になってるいじめだって、半分以上はF組の生徒が原因だ。そのへんを取材してもらうのも、いいかもしれませんね」

倉本はすっくと立ちあがった。握りしめた両の拳が、ぶるぶると震えている。

「狭間先生、よほどクビになりたいらしいな、きみは」

「ほう、クビですか、俺は」

「当然だ。きみのためを思って辞職を勧めてやったのに、それを断るなんてな。理事会で審議して、即、結論を出してやる」

「いいでしょう。その件も、しっかり取材にこたえて記事にしてもらいますよ。横暴な理事長が、この学園を仕切ってるってこともね。なんなら例の件も書いてもらいますかね。F組の生徒の親は授業料以外にも、学校に多額の寄付金を払ってるって話も」

　血管が切れるのではないかと思えるほど、倉本は顔面を紅潮させた。

「話にならん。とにかくきみは懲戒免職だ。首を洗って待っていたまえ」

　荒い足取りで、倉本は出ていった。

　校長が深いため息をつく。

「とうとうやってしまったな、狭間くん。もうあとへは戻れんよ」

「さあ、どうでしょうかね。俺は間違ったことはしてませんから。何度も言いますが、校長もいい加減、目を覚まされたらどうですか」

「どういう意味かね？」

「理事長の言うとおりにしていたら、学園はめちゃくちゃになりますよ。なんでそんなことがわからないんですか」

　口をぱくぱくさせる校長を残して、俺は席を立って校長室を出た。

4

　冷静になってみると、少しやりすぎたかな、という気もした。

　しかし、後悔の念はまったくなかった。実際、間違ったことは何もしていないのだ。理事長にぺこぺこするうちの学校の職員の体質が、諸悪の根源という気もする。

懲戒にすることが可能かどうかはともかく、俺がクビになるのは間違いなさそうだった。とはいえ、職がある間は授業をやらなければならない。

この日は三コマの授業をこなした。さすがにやる気は起きなかったが、最終第六限の授業は、それなりにリラックスできた。二年A組。有紀がいる、自分が担任をしているクラスの授業だったからだ。

有紀の笑顔を見るだけでも、だいぶ元気が出た。変われば変わるものだ。あれほど苦手な子だと思っていたというのに。死んだ弓子に多少の後ろめたさはあるものの、俺だって男なのだ。好意を示された有紀のことが、どうしても気になる。

教卓のところから眺めると、有紀の脚も見事に視界に入ってきた。

むっちりしたふとももは、まるで弓子のふとももののように思えた。心ならずも、股間をうずかせてしまう。

俺がここの教師を辞めたとしても、有紀は俺のことを好きでいてくれるんだろうか？

そんな思いも湧いてきて、気分は複雑だった。もちろん、教師としてどこかに再就職するつもりではあるが、そうなれば、少なくとも有紀に会えるチャンスは激減する。

授業を終えて数学教官室に戻ろうとすると、三階の廊下で国語教師の田所（たどころ）が声をかけてきた。

「狭間先生、きょう、帰りにちょっと、いいかな？」

「ええ、かまいませんよ。どうしました？」

「学校のこれからのこと、話しておきたくてね。一緒に帰るところを見られると、理事長派の連中から何を言われるかわからないし、決めちゃおうか。五時半に西新宿駅前の喫茶室『マドンナ』でどうかな」

「わかりました。じゃあ、あとで」

周囲に神経質そうに目を配って、田所は去っていった。

田所は、俺や弓子と同様、理事長の改革に真っ向から反対してきた男だ。F組が設置されてから増えてきたいじめの問題などにも、積極的に取り組んでいる。年齢は四十代半ばになっているが、俺とはわりあいに気が合う。

俺と同じように、理事長と相対しても、田所は臆することなく意見を述べる。そのせいで、校長からは何度も辞めたらどうかと言われているのだが、応じる気配はまったくない。

「俺はすべて生徒のためを思ってやってるんです。もし無理やり辞めさせるのなら、出るところへ出ますからね」

全体の職員会議での田所のそんな発言を、俺はいまでもよく覚えている。

数学教官室に戻ると、今度は北野から声がかかった。

「噂が流れてるよ、狭間先生。理事長から辞職勧告が出たんだって？」

「早いですね。勧告なんて生やさしいもんじゃありませんよ。理事会で承認されたら、俺は即、クビだそうです」

「そりゃあひどいな。弓子先生が亡くなったばかりだっていうのに」

「まあ、仕方がありませんよ。そういう体質なんですから、この学校は。もちろん、このままで終わらせるつもりはありませんけどね」

少しだけ、北野の表情が硬くなった。

「何かする気なのかい？」

「まだ特別に考えてるわけじゃありません。ただ、権利の主張はしますよ。俺だって、ここで給料をもらって生きてるわけですから」

いくら弓子が世話になった相手とはいえ、俺は北野とあまり内面的な話をするつもりはなかった。今回の件では同情もしてくれているようだが、北野は間違いなく理事長派なのだから。

雑用を済ませ、俺は五時十五分に学校を出た。

少し迷ったが、歩いて地下鉄丸ノ内線の西新宿駅に向かった。あとで車を取りに来るのは面倒だが、駅の近くで駐車場を探すのは余計に大変だと思ったのだ。

指定された喫茶室『マドンナ』に入ると、田所はすでに来ていて、奥の席から手をあげた。隣にもう一人、三十歳くらいに見える男が座っている。

「勝手なことをして申しわけない。どうしても狭間先生の話を聞きたいって、彼が言うもんだからね」

男は立ちあがり、名刺を差し出してきた。日英社出版局、週刊進歩ジャーナル編集部、山沢英悟（やまさわえいご）と書かれている。

俺が注文したコーヒーが届いたところで、田所が口火を切った。

「山沢さんはね、うちの学校の実態を暴きたいって言ってるんだ」

「実態って、つまり、倉本理事長に仕切られてるってことをですか」

「簡単に言ってしまえば、そういうことだな。今回の奥さんの事件だって、理事長が勉強のできない子を入学させる、なんてことを言い出さなければ、起こらなかったはずだ。そうだろう？」

今朝方、俺が校長に向かって言ったことと同じだった。

ハッとしたように、山沢が頭をさげた。

「狭間先生、このたびはご愁傷様でした。なんと申しあげたらいいか……」

「ありがとうございます。きょう校長に呼ばれて、週刊誌の記者が嗅ぎまわってるなんて言われましたけど、それって、あなたのことだったんですね」

「ええ、たぶん」

「なんだか胡散くさい話をしてましたよ。死んだ弓子が童貞キラーだったって話を、面白おかしく記事にするとか」

山沢はぶるぶると首を横に振った。

「それは倉本理事長や校長の酒井先生に近づくための方便です」

「方便？」

「最初から、学校の在り方を問いたい、なんて言ったら、彼らは絶対に会ってくれませんからね。少し脅す感じで校長に電話したんです。お宅には生徒を誘惑する女教師がいるそうですね、って」

「なるほど。もう会ったんですか、校長には」

「短い時間でしたけど、校長にも理事長にも会いました。いやあ、怪しいですね、二人とも。お金の匂いがぷんぷんしました」

「金の匂い？」

学園にF組を増設したのが金のためであることは、俺にもよくわかっている。私立高校として漆原学園を運営していくには、とんでもなく金がかかるのだ。

だが、都議会議員の倉本は警備会社の実質的なオーナーで、十分に資産家のはずだった。倉本が金まみれになっているという印象は、俺にはない。

田所と山沢が、同時ににやりと笑った。

言葉を発したのは田所だった。

「狭間先生、倉本理事長はね、いずれ国会に出るつもりなんだ」

「国会？」

「与党の幹事長と親しいって話は聞いてるだろう？」

「ええ、知ってます」

与党幹事長の川口（かわぐち）は、この何年か、来賓として学園の体育祭を訪れている。倉本が顔の広さを誇示したいのだろう、というくらいに考えていたのだが、倉本にはどうやらもっと大きな野望があるらしい。

表情を引き締めて、田所が続ける。

「正直な話、F組の連中の入学のさせ方、俺は問題だと思ってる。入学金や寄付金が学校に納められてるのは事実だろうが、どうも理事長はそれ以上の金を懐に入れてるようなんだ。もっと言えば、それが政治家に流れてるのかもしれない」

「政治家に？」

「ぼくがいま調べてるところです」

山沢が話を引き取った。

「F組の生徒たち、中には一生懸命勉強したいのに行く学校がなかった、なんて真面目な子もいるようですけど、ほとんどはめちゃくちゃですね。今回、問題を起こした三人が、特にひどいんです」

「三人のこと、もう知ってるんですか。表沙汰にはなってないはずだけど」

「一応、ぼくもマスコミの人間ですから。それに、半年も前から調べてた中で、あの三人は目立ってましたから」

俺はコーヒーで喉を潤した。異様なほど、自分が興奮しているのに気づいた。記者が調べたことを、すべて知りたいという気分になっている。

「どんなふうに目立ってたんですか、彼らは」

「まず第一は、三人がみんな大鳥居（おおとりい）学園の出身だってことです」

「大鳥居学園って、あの大鳥居学園ですか。お坊っちゃん、お嬢ちゃん学校の」

山沢はうなずいた。

担任でもなかったので、三人の出身中学など、俺はこれまで意識したこともなかった。

大鳥居学園は、千葉市内にある共学の中高一貫校で、学業のレベルが高いわけではないが、しつけなどの点で一定の評価を受けている学校だ。

「中学一年のときから、悪ガキ三人組は有名だったんだそうです。当然、学校としては高等部へは進学させず、なんとか追い出したくなる。そんなとき、倉本理事長が声をかけたんですよ。三人はうちで引き取るって」

「なるほど、ありそうな話ですね」

「三人の出自を調べてみると、なかなか複雑でしてね。三人とも裕福な家庭の子ってことになってますが、白石と樋口は愛人の子です。父親は両方とも大会社のオーナーですが、二人は父親と暮らしたことはありません。苗字も違いますしね」

「金だけ出してるってことですか、父親が」

「まあ、そうですね。あまりにも素行が悪くて、父親たちも気にはしていたようです。だから、倉本理事長の提案はありがたかったはずですよ」

「提案？」

「誘ってやったんですよ、理事長が彼らを。とりあえず在学していれば高校を卒業できて、うまくすれば指定校推薦で大学へも行ける。会社を持ってる父親としては、大学を出たところで、自分の社に入れてやればいいわけですから」

そんな話まで決まっていたのか、と俺は驚いた。

「牧野の場合は両親とも揃ってるんですが、彼は中学に入ったあたりから、家にはほとんど寄りつかなくなったそうです。白石がおやじに金を出してもらって、千葉市内にマンションを借りてたんで、三人はそこで暮らしてたようです」

「じゃあ、いまと同じですね。あいつら、書類上は寮にいるはずなのに、実際は新大久保のマンションに住んでますよ」

「それも調べました。こっちも金を出してるのは白石のおやじですね」

三人とも家庭的に恵まれているとは言い難かったが、俺は同情する気にはなれなかった。どんな劣悪な環境の中でも、頑張って一人前になっていく人間は、いくらでもいるのだ。

「狭間先生、これが一番大事なことなんだが、あいつら、前科があるんだよ」

苦々しい顔で、田所が言った。

「前科？」

「ああ、レイプのね。山沢さんに聞いて、俺もびっくりさ」

俺はぎくりとした。

三人と弓子の間に性的な接触があったのは事実だろうが、三年生の坂本の件もあり、今回はレイプではないのかもしれない、と俺は思い始めていた。だが、前科があるとなると、考えを改めなければならなくなる。

「つかまったことがあるんですか、三人は」

「いや、調べられたことはあるようだが、罪には問われていない。示談だった場合もあるし、うやむやになったこともあるらしい」

「一件じゃないってことですか」

この問いかけには、山沢が答えた。

「ぼくが調べただけで、四件あります」

「四件も？」

「そのうち三件は中学生のときです。信じられますか、中学生がレイプ犯だなんて」

「まあ、体は十分に大人ですからね、中学生ともなれば」

苦々しい気分で、俺は言った。

牧野、白石、樋口の三人を、順番に思い浮かべてみた。

三人とも、いい体格をしている。白石は特に大柄で、俺より十センチほど背が高い。二年前の中学生のときであっても、すでに大人と変わらない体つきになっていたに違いない。

山沢が身を乗り出してきた。

「ぼくが書きたい記事の概要を話させてください。いいですか」

「ああ、もちろん」

「本質的には、倉本理事長がどんな人間かを暴きたいんです。お宅の学校がらみでなくても、これまでいろんなことを調べてきました。都議ではあるけれども、元警察官だから警察にコネがあるとか、暴力団ともつながりがあるとか」

「暴力団？」

「まだ取材中ですけど、けっこうすごいんです。関西の征東会(せいとうかい)からは、かなり大事にされてるようです」

「征東会って、あの征東会ですか」

「ええ。滑稽に思われるかもしれませんが、征東会のフロント企業みたいな会社の警備は、みんな倉本の会社が担当してるんです」

「暴力団に警備、ですか。なんか笑っちゃいますね」

「まったくです。普通の企業名になってますから、一般の人にはわからないでしょうけど。そんなわけですから、政治がらみだけじゃなくて、倉本のところから暴力団にも資金が流れてる可能性は否定できません」

俺は呆れた。学園の運営と暴力団。最も縁がなさそうな感じだが、倉本は両方に手を出しているのかもしれない。

「先生にお許しいただきたいのは、今回の奥さんの事件を、記事のトップに持ってくることなんです」

「トップ、ですか」

「漆原学園を舞台にしたレイプ殺人事件が発生して、その犯人である生徒たちを調べていくうちに、倉本理事長のとんでもない実態が明らかになった。そんな展開でいこうと思ってます」

「なるほど。いいんじゃないでしょうか。ただ、弓子の事件については、まだ詳細がはっきりしてませんので」

「もちろん、記事はすべてが明らかになってから発表します。先生には、決してご迷惑はおかけしません」

校長はエロ雑誌の記者などと言っていたが、山沢はいかにも真面目そうな男だった。真摯な姿勢に、俺は好感を持った。

今度は田所が喋りだす。

「やっとだよ、狭間先生。これでようやくあいつらを放り出すことができる」

「退学させざるを得ませんよね、さすがに」

田所は首を横に振った。

「あの生徒たちのことはもちろんだが、大事なのは倉本理事長と校長だよ。彼らを追放しない限り、うちの学園に平和はない」

「そのとおりですね」

理事長と校長が追放されたら、俺はクビにならずに済むんだろうか?

まず考えたのはそれだった。

とはいえ、どうしても学園に残りたいと思っているわけではない。

いま未練があるとすれば有紀のことくらいだし、たとえ学園を去ったとしても、有紀と付き合える可能性だってある。

「またお話をお聞きする機会を作っていただきたいんですが、いかがでしょうか」

きょうの話は終わりにするつもりらしく、山沢が提案してきた。

俺のほうに不都合はなかった。

「もし俺にできることがあったら、いくらでも協力しますよ。ぜひいい記事を書いてください」

「ありがとうございます。絶対にすばらしい記事にしてみせますよ」

どちらからともなく右手を出し、俺たちはしっかりと握り合った。

第三章　取調室

1

週刊誌の記者である山沢と会ってから、あっという間に一週間が経過した。

弓子の事件に関する捜査のほうは、あまり進展がないようだった。新都心署の望月から電話があったのは一度きりだ。鋭意捜査中、と言われただけで、新しい話は何もなかった。

当然、山沢はまだ記事にしていない。

弓子の事件をトップにしたい、と彼は言っていた。犯人がつかまらない状況では、書くことができないだろう。

理事長や校長からも、その後は何も言ってきていない。どういう事情かはわからないが、俺の馘首はすぐには行われないらしい。

俺は淡々と授業をこなしていたが、二年F組の教室に入るときは、さすがに体がこわばった。

例の三人、牧野、白石、樋口が、平気な顔をして出てきているからだ。もちろん、彼らには勉強しようなどという姿勢はまったくない。

しかし、驚いたことに、三人は課題を提出してきた。

レポートが本人たちの筆跡だったことが、俺には意外だった。単位取得のために出すとしても、きっとだれかにやらせるのだろう、と考えていたからだ。

唯一の救いは、二年A組の授業だった。

有紀の顔を見ると、やはり安心する。死んだばかりの妻に多少の後ろめたさは感じるものの、これぱかりはどうにもならなかった。有紀に惹かれていく自分を、止めることはできそうもない。

授業が終わると、有紀は毎回、質問をしに来るようになった。

もともと文系で数学は苦手のはずなのだが、有紀はけっこう核心を衝いた質問を浴びせてきた。ほんとうに一生懸命、勉強しているように見える。

そんなある日の午後五時、俺がそろそろ帰る準備に取りかかっていたころ、いきなり数学教官室の扉が開き、二人の男が入ってきた。

一人には見覚えがあった。桐ヶ谷という若い刑事だ。

「新都心署の竹村と申します。狭間純一さんですね？」

見知らぬ男のほうが、俺の前でバッジを開いた。年齢は、どう見てももう六十に近い。階級は巡査部長だ。

「ちょっとおうかがいしたいことがありまして、できれば署のほうまでご同行願いたいんですが」

「同行？」

俺は首をかしげた。竹村の態度が、容疑者に対するもののように感じられたからだ。

「どういうことですか。話なら、ここでお聞きしますよ」

「それはまずいでしょう。ほかの先生方にお聞かせするわけには……」

いかにも困ったという顔をして、竹村は教官室の中を見まわした。なんともわざとらしい仕草だ。

北野をはじめとする教員たちは、興味津々という顔でこちらを見ている。

「事件について、何かわかったんですか」

「ですから、その件で、あなたにお尋ねしたいことがあるんです」

「もしかして、俺を犯人に仕立てようとでも言うんですか」

「そんなことはひと言も言ってませんよ。任意ですから、拒否なさってもかまいません」

竹村は言った。拒絶などできるわけがない、と高をくくっているふうにも見える。

「どうなるんですか、俺が断った場合は」

「さあ、どうなりますかね。今度は正式な形で署へおいでいただけるように、こちらも何か考えることになると思いますが」

正式な形というのは、おそらく逮捕状の請求などを意味しているのだろう。

苦笑しつつ、俺はうなずいた。

事件を早く解決したいという思いは、俺だって同じなのだ。この刑事の話を聞けば、何かヒントが得られるかもしれない。

「わかりました。行きましょう」

「恐れ入ります。狭間さん、お車でしたよね」

「はい」

「申しわけないんですが、置いていっていただけますか。えーっと、帰りはここまで、うちの車でお送りしますので」

竹村は、にやりと笑った。もし帰ってこられれば、という追加の言葉が、聞こえてきたような気がした。

もう一度うなずき、俺は立ちあがった。

北野が声をかけてくる。

「狭間先生、大丈夫かい?」

「心配いりませんよ。俺は何もやっちゃいませんから」

「そんなことはわかってるけど」

「警察から、逆に情報を引き出してきますよ。いいチャンスです」

あらためて苦笑いを浮かべ、俺は二人の刑事と一緒に教官室を出た。

二十分後、俺は新都心署の二階にある取調室に入れられていた。半信半疑だったが、どうやら竹村は、本気で俺を疑っているらしい。

日本の警察は優秀だと聞いているし、べつに心配はしていなかったが、決していい気分ではなかった。冤罪(えんざい)事件はこうやって起こるんだろうな、などと、つい余計なことを考えてしまう。

机を挟んで、竹村は俺の正面に腰をおろした。

桐ヶ谷は、入口のドアに近いところに座っている。ノートパソコンを前にしているところを見ると、記録係ということらしい。

竹村が喋りだした。

「率直にお尋ねしますよ、狭間さん。あなた、奥さんの弓子さんが邪魔だったんじゃありませんか」

「は？」

質問の意味がわからなかった。首をかしげるしかない。

竹村は咳払いをし、机の上に身を乗り出してくる。

猪首だな、と思った。柔道でもやっているのか、耳がかなり変形している。そういえば、竹村は体格もなかなかいい。柔道の階級でいえば、百キロ超級といったところか。

ややしわがれた声で、竹村が繰り返す。

「答えてください、狭間さん。奥さんが邪魔だったんじゃないんですか」

「何を言ってるんですか。弓子が邪魔だなんて思ったことは、一度もありませんよ」

「ほう、そうですか。でも、おかしいですね。私らが調べたところでは、どうもあなたたち夫婦の間では、離婚話が持ちあがっていたらしい」

俺はまた首をかしげた。

弓子の噂が大きくなって、彼女のほうから離婚したいと言いだしたのは事実だ。しかし、この件はまだだれにも話していない。

「こっちが聞きたい。刑事さん、その話、だれから聞いたんですか」

「そういう質問にはお答えできませんなあ。聞いてるのはこっちなんです。どうなんですか、狭間さん。離婚話、あったんでしょう?」

俺はうなずいた。

「ありましたよ。望月さんって刑事さんにお話ししたから、弓子の噂のことはあなたもご存じでしょう?」

「ええ、聞いてますよ」

「そのことで、弓子が別れようって言いだしたんです」

「奥さんのほうから、ですか」

疑い深そうな目で、竹村が睨んできた。

「そうですよ。どこか変ですか」

「まあ、ちょっと私らの見方とは違ってるもんですからね。例の噂で、あなたがいい気分でなかったことは、お察ししますけど」

もったいをつけたような竹村の言い方に、俺はだんだん腹が立ってきた。

「はっきり言ってください。俺の話のどこが変なんですか」

竹村はわざとらしく咳払いをした。ゆっくりと話しだす。

「奥さんの噂が出たとき、あなた、もしかしたらちょうどよかったと思ったんじゃありませんか」

「ちょうどよかった？　なんのことですか。意味がわかりませんね」
「つまり、あなたは前々から奥さんと別れたかった。そこへうまい具合に今回の噂が流れた。事実とすれば、夫のあなたにとっては恥ずべきことですが、別れるにはちょうどいい理由になる。違いますかな？」

恥ずべきこと？　冗談じゃない……。

弓子が三年生の坂本に体を開いたことについては、さすがに許せない気持ちはあった。しかし、事情は俺なりに理解したつもりだった。担任教師として、少しでも坂本の勉強がはかどるようにと考え、弓子は彼に抱かれたのだ。

弓子が童貞キラーだ、などという噂は、あとからついた尾ひれにすぎない。

「やり方が正しかったとは言わないが、俺は弓子を理解してましたよ。許せない部分があったとしても、俺は別れたいとまでは思ってなかった。あいつが勝手に話を進めて、出ていったんです」

「なるほど、そう来ましたか。しかし、もう奥さんのお話は聞けませんからなあ」

死人に口なし、とでも言いたいのだろうか。

俺はかちんと来たが、どれだけ怒っても状況がよくなるとは思えなかった。努めて冷静に話を続ける。

「離婚話で揉めて、俺が弓子を殺した、って筋書きですか」

「いやいや、まだそこまでは。おわかりいただきたいのは、われわれはすべての可能性を考えなくてはならないってことです。関係者にお話をお聞きするのはそのためで、一つずつ怪しい点をつぶすことで、真実に近づいていくわけです」

「だったら、大いなる無駄をしてますね、あなたは」

「無駄？」

「離婚話があったというだけで、疑われても困りますよ」

俺が言葉を吐き捨てると、竹村は最初から持ち込んでいた紙袋の中を探った。取り出したものを突き出してくる。

「こ、これは」

目にした瞬間、俺はさすがにうろたえた。

写真だった。車の前で、俺と有紀が抱き合っている場面が写されていたのだ。二人は頬と頬をこすり合わせている。

「こんなものをお見せしなくても、お話しいただけるとよかったんですがね。あなたが否定なさるから仕方がない。これ、お宅の生徒さんですよね。野島有紀さんというお名前だってこともわかってる」

「確かにうちの生徒です。しかし、なんでこんな写真を持ってるんですか、警察が」

「善意の第三者が提供してくださったものですよ、もちろん。じゃあ、お認めになるんですね、狭間さん」

「認めるって、何をですか」

「教え子の野島有紀さんと、あなたが付き合っているってことですよ。決まってるじゃないですか」

俺は鼻で笑った。

「馬鹿馬鹿しい。駐車場で、確かに俺は野島有紀と抱き合った。たったそれだけのことじゃないですか」

「開き直るんですか」

「べつにそんなつもりはありませんよ。この写真が偽物だなんて言う気もない。間違いなく本物です。しかし、こんなことは一度しかしていない」

「一度しか？　そんな話、どうやって信じればいいんでしょうかね、私たちは」

竹村は言い、肩をすくめてみせた。態度の一つ一つがオーバーで、いちだんと腹が立ってくる。

だが、竹村の考えていることが、ようやく俺にもわかってきた。俺が以前から有紀と付き合っていて、弓子の存在が邪魔になり、結果として俺は妻を殺した。そんなふうに推理しているらしい。

あまりにも馬鹿らしくて、体から力が抜けた。怒りはいっそう沸騰してきたが、反論することさえくだらなく思えてくる。

「はっきりさせちゃいましょうよ、狭間さん。教え子と付き合ってるんでしょう？　離婚話が起こった原因は、奥さんの噂よりも、むしろこっちだったんじゃありませんか。女生徒と仲良くなった結果、奥さんが邪魔になって……」

「いい加減にしとけよ、おっさん」

竹村の言葉をさえぎり、目の前にある机を、俺は両手でばんと叩いた。

俺の豹変ぶりに、さすがに竹村も驚いたようだった。むっとした顔をしてはいるが、言葉が出てこない。

「この写真がいつ撮られたものなのか、ちゃんと確かめたんだろうな、あんた」

「いや、いつかなんてことは関係ないだろう。これを見れば、あなたとこの子の関係は明らかなんだから」

「そうはいかないんだよ、おっさん」

俺は竹村を睨みつけた。

「いいか、よく聞いておけよ、おっさん。俺は日付まではっきり言える。これはいまから一週間前だ」

「一週間？」

「忌引を終えて、俺が初めて登校したときだよ。つまり、妻の葬儀のあとだ」

「葬儀の、あと？」

「そうだ」

あの日のことは、俺も鮮明に覚えている。まずいという気持ちもあったが、いとおしさが込みあげてきて、思わず有紀を抱きしめてしまったのだ。

「さっき話したとおり、有紀とこんなことをしたのは、これが初めてだった。まだ付き合ってるわけじゃないが、あの子を女として意識したのは、弓子が死んでからなんだよ。あんまり巻き込みたくはないが、なんなら彼女に確かめてくれたっていい」

「うーん、しかし……」

だらしないな、警察も。なかなか犯人がつかまらないから、俺に押しつけようってわけか？

冗談じゃない……。

俺は立ちあがった。

「任意だったよな、おっさん。帰らせてもらうぞ」

「あ、あ、ああ」

まともに返事もできない竹村を残して、俺は取調室を出た。

2

署の玄関まで来たところで、桐ヶ谷が追いついてきた。

「お送りしますよ、狭間先生」

「かまわないでくれ。歩いても十分ぐらいだ」

「いえ、ぜひ送らせてください。これがぼくの仕事ですから」

そこまで言うのなら、と俺は桐ヶ谷を立てることにした。

覆面パトカーに乗り込んだとたん、桐ヶ谷が詫びてきた。

「ほんとうに申しわけありませんでした」

「謝ることはない。あれでも一応、捜査なんだろうからな」

「でも、デカ長のやり方には、反対する人も多いんです」

「デカ長？」

「ああ、竹村さんのことです。巡査部長なので、普段はみんな、そう呼んでます」

俺はうなずいた。きょうは見かけなかった望月のことが気にかかる。

「望月さん、いなかったな」

「係長は、たぶん捜査中だと思います」

「あの人は係長なのか」

「はい。強行犯係のトップです」

警察の仕組みは、いまいち俺にはよくわからなかった。彼らはみな、いわゆるキャリア組ではなさそうだが、年齢によって階級が違うわけでもないらしい。望月は警部補だが、見たところ四十代半ばだ。竹村よりはだいぶ年下に違いない。

「今朝、先生の件でひと悶着あったんです。係長とデカ長の間で」

「何か揉めたのかい？」

「デカ長が先ほどの写真を仕入れてきて、任意で先生を呼ぼうって言いだしたんです。もちろん、係長は反対しました。先生が犯人のわけがないって」

「へえ、望月さんは俺を疑ってないわけか」

「ぼくだって疑ってなんかいませんよ。あんなかわいい女の子と付き合えて、うらやましいとは思ってますけど」

にやにや笑いながら、桐ヶ谷が言った。

「おいおい、皮肉のつもりか?」

「とんでもない。本音ですよ。ぼくだって、高校時代はけっこうモテたんですけどね。警察に入ってからは、さっぱり駄目です。職場での出会いってものがありませんしね。忙しすぎるんですよ、この仕事」

そう言いつつも、桐ヶ谷は生き生きしているように見えた。希望してついた職種でもあるようだし、刑事の仕事に向いているのかもしれない。

桐ヶ谷に好意を感じるのと同時に、俺は少しからかってやりたくなった。

「このあいだ俺にお茶をいれてくれた女の人がいたよな。生活安全課長だっけ」

「ああ、村井課長ですね」

「いい女じゃないか。きみ、けっこうあこがれてるんじゃないの?」

「あっ、わかりました? まいったなあ」

素直に認め、桐ヶ谷は頬を赤らめた。

「すてきな人だな、って思ってます。人妻ですから、無理ですけど」

「警察官にも、あんなきれいな人がいるんだな。俺もちょっと驚いたよ」

「署のマドンナなんですよ。幼馴染みと結婚してて、ちゃんと子供もいるそうなんですが、ぜんぜん変わらないらしいんですよね、課長は。ぼくはまだ知り合って半年ですけど」

　俺は村井沙絵子のことを思い浮かべた。確かに美しい女性だった。

　にんまりしかけた俺だが、先ほど感じた疑問が頭によみがえってきた。

「ところで、竹村っておっさんは、なんでそんなに俺を目の敵（かたき）にしたいんだ？　あんな写真程度で、俺を疑うほうがどうかしてると思うんだが」

「確かにそうですよね。係長が言うには、デカ長は、そろそろ定年後のことを気にしてるんじゃないかって」

「定年後？」

「デカ長、来年の春で定年なんです。まだお子さんが学生だったりするんで、当然、次の就職先を探さなくちゃならないわけです」

「それが俺と、どういう関係があるんだ？」

　尋ねた瞬間、俺はあることに思い当たった。

「もしかして、倉本か？」

　倉本は警備会社の実質的なオーナーだ。そこが警察官の天下り先になっているという話も、俺は聞いている。定年を間近に控えた竹村が倉本を頼りにしたとしても、だれも彼を責めることはできないだろう。

　だが、もし倉本に言われて、竹村が俺に疑いを向けているのだとすれば、見当違いもはなはだしい。

俺の問いかけには答えずに桐ヶ谷は運転を続け、間もなく学校に着いた。車を停め、しばらく考え込んだあと、ようやく桐ヶ谷が口を開く。

「先生のお話を聞いて、係長が四人の生徒を署に呼んだでしょう?」

「ああ」

「その直後、倉本のお父さんが署に怒鳴り込んできたんです。うちの子を引っ張るとは何事だ、とか言って」

そんな倉本の姿を、俺は容易に想像することができた。なんでも思いどおりにしなければ気が済まない男なのだ。

相手が警察であっても、その態度は同じだったに違いない。なにしろ倉本は、警察官に再就職先を提供している立場なのだから。

「そのぐらいで捜査の手がゆるむなんてことはないんですが、倉本はよほど頭に来たのか、狭間先生が怪しいんじゃないか、って言いだしたんです」

「倉本が発端だったのか、俺を犯人にするって考えは」

「望月をはじめ、だれも相手にはしませんでした。でも、デカ長だけは真面目に倉本の話を聞いてたんですよ。次の日の捜査会議で、さっそくデカ長が議題に出してきました。狭間先生を被疑者の一人に加えるべきだ、って」

そうまでして、再就職先を確保しておきたいのか?

俺はなんだか竹村が哀れに思えた。

おそらくきょう俺が署に呼ばれたことは、もう倉本の耳に入っているだろう。自分の言いなりになった竹村を、倉本は幹部として警備会社に迎え入れる気になっているのかもしれない。

「デカ長の話なんて、当然、みんなからは無視されました。四人の生徒はいったん帰しましたけど、疑いはまだ彼らに向いてるわけですから。本庁が捜査本部を立ちあげなかったのも、四人の中に犯人がいて、早期解決するだろうと判断したからだと思います」

「でも、そうはならなかった。そこでまたあのおっさんが張り切っちゃったってわけか」

「まあ、そんなところです。今朝の会議で、とにかく一度、先生を調べさせてくれって言いだしたんです。けっこうしつこかったですよ、きょうのデカ長。最後は係長もヤケになって、そんなに調べたいのなら勝手にしろ、って怒鳴ったくらいですから」

事情がわかってくるにつれて、俺の倉本への怒りはますます大きくなった。本人のところへ怒鳴り込んでやりたいくらいの気分だが、そんなことをしてもなんの解決にもならないことはよくわかっている。

とにかく犯人を挙げることなんだよな、重要なのは……。

俺の口から、ため息がもれた。

倉本の息子が実行犯ではないとしても、あとの三人のうちのだれかが弓子を殺したことはまず間違いない、と俺は思っている。一人ずつ呼んで問いただしてやりたいところだが、残念ながら俺には捜査権というものがない。

ただ待ってるしかないのか？　望月さんやこの桐ヶ谷くんが、きっちり捜査して結果を出してくれるといいんだが……。

もう一度、深いため息をついて、俺はドアに手をかけた。

「ありがとう、送ってくれて」

「いいえ、とんでもない。ほんとにすみませんでした」

「いいんだ。見当はずれのおっさんはともかく、きみはしっかり望月さんを手伝って、早く犯人を挙げてくれ」

「はい、頑張ります」

頭をさげて車を出した桐ヶ谷を見送り、俺が駐車場のところまでやってくると、さっと人影が現れた。

有紀だった。突進するように、俺に抱きついてくる。

「先生、大丈夫だった？」

「ああ、平気だよ」

「すっごく心配してたんだよ、私。警察に連れていかれたって噂が流れてたから」

有紀は目にいっぱい涙を溜めていた。ここで俺を待ちながら、あるいはずっと泣いていたのかもしれない。

「悪かったな、おまえにまで心配をかけて」

「何言ってるのよ、先生。私が先生のことを心配するのは当たり前でしょう？」

有紀の存在は、いまの俺にとって唯一の救いと言ってもよかった。心配してくれる気持ちが、とにかくうれしい。

　俺は手に力を込め、しっかりと有紀を抱きしめた。まただれかに写真を撮られるかな、という気もしたが、そんなことはどうでもよかった。弓子は死んだのだ。早すぎることは確かだが、有紀を好きになることに、もはや抵抗はない。

「さあ、そろそろ帰ろう。送っていくよ」

　そう言って、俺は体を離そうとしたのだが、有紀は抱きついたままだった。むしろ手に力を込め、ぐいぐい体を押しつけてくる。

「先生、やっぱり私じゃつまらない？」

「おかしなことを言うな。つまらないわけないだろう」

「私、不安なんだもん。弓子先生、とってもすてきだったじゃない？　美人だし、スタイルもすごくよかった。弓子先生のレオタード姿、私もちょっとあこがれてたんだ。絶対にかなわないな、って思ってた」

「そんなことはない」

　俺は首を横に振った。

「おまえだって十分にすてきだ。弓子に負けてるなんてことはない」

「ほんとにそう思う？」

「ああ。授業中におまえを見てるだけで、どきどきしてくるくらいだからな。いつも困ってたんだ。教えるのに集中できなくて」

暗くてよくは見えないが、有紀はにっこり笑ったようだった。だが、すぐにまた厳しい表情に戻る。

「でも、だったらどうして私を欲しがらないの？　私じゃつまらない、って思ってるからなんじゃないの？」

「違うよ、有紀。それは絶対に違う」

俺はきっぱりと否定した。

「前に話しただろう？　ちゃんとけじめをつけたいんだ。弓子の事件が解決したら、俺も本気で有紀のことを考える。でも、付き合うのはおまえが卒業してからだ。それでいいって、おまえも言ったじゃないか」

「そうだけど、やっぱり心配なんだよ。私、経験はないけど、セックスのことぐらいは知ってる。友だちに聞いたら、先生みたいに若い男性がセックスなしで我慢できるはずがない、って言われたんだ。だから、先生、私以外のだれかと、どこかでセックスしちゃってるんじゃないかって……」

有紀の口からセックスなどという言葉が連発され、俺は少しうろたえた。彼女の不安は、俺にもわからないではない。

「してないよ、有紀。絶対にほかの女とセックスなんかしてない。俺にはもう有紀しかいないんだ」

本音だった。弓子と離婚する気はなかったが、こうやって弓子を失ってみると、有紀の存在がほんとうに大きく思えてきている。

「ほんと？　ほんとに私以外に女の人、いない？」

「ああ、いないよ。おまえだけだ」

「セックス、しなくて平気なの？」

まだ気になるのか、有紀が重ねて尋ねてきた。

俺は右手を有紀の頬にあてがった。じっと見つめながら言う。

「平気だよ。おまえがそばにいてくれるだけで、俺には十分だ」

「ああ、先生」

さらにきつく抱きしめられ、下腹部も密着した。すでに硬化してきたものの存在を、有紀は感じているに違いない。

「先生、せめてキスして。駄目？」

訴えるような有紀のまなざしに、俺は限りないいとおしさを覚えた。

次の瞬間、俺たちはごく自然に唇を合わせた。

舌を突き入れたりはしなかったが、長いくちづけになった。俺の胸が、幸福感でいっぱいになる。

唇を離すと、有紀が目を潤ませているのがわかった。涙がひと筋、頬に垂れてきている。

俺は指先で、そっとそれを拭ってやった。

「さあ、帰ろう。勉強もしっかりやるんだぞ、有紀」

「うん、大丈夫。私には先生がいるから」

有紀の頬に軽く唇を押しつけてから、俺は車のドアを開けた。

3

その晩遅く、俺はショットバー『ラーク』に顔を出した。

約一週間ぶりだったが、店には常連の大滝と、同じく常連で、新宿区の職員である村井一馬が来ていた。

俺はぎくりとした。村井の隣に、見覚えのある女性が座っていたからだ。三人以外に、客の姿はない。

「あなたは、確か……」

「その節は失礼しました。村井の家内です」

立ちあがってぺこりと頭をさげたのは、新都心署で出会った、生活安全課長の村井沙絵子だった。

「ああ、そういえば村井さんでしたね。名刺をいただいたときに、気づくべきだったな」

「ははは、さすがに無理だよ、先生。どこにでもある名前だからね、村井は」

夫のほうが、豪快に笑い飛ばした。

「沙絵子が先生に話しておけばよかったんだ。先生の話は、うちでもよくしてたからね。署で会ったとき、すぐに気づいたそうだよ。ああ、これが俺と仲良くしてくれてる狭間先生だ、って」

「そうだったんですか」

村井と大滝の間の席に俺が腰をおろすと、すぐにグラスが出てきた。ラム酒のソーダ割りだ。

俺はポケットから出した千円札をマスターに渡す。

「まずは乾杯だな」

大滝が自分のグラスを持ちあげて言った。

四人は、それぞれにグラスをぶつけ合う。

「きょうはうちの竹村が失礼なことをしたみたいで、ほんとうにすみませんでした」

申しわけなさそうに、沙絵子が詫びてきた。

俺は小さく首を横に振った。

「大したことじゃありませんよ。竹村って人も言ってましたけど、可能性のあるものは、確かめて消していかなくちゃいけませんからね」

「そう言っていただけると助かります。竹村は、ちょっと暴走気味で」

「もうじき定年なんだそうですね」

「ええ。なかなか再就職先が決まらなくて、いらいらしてるようなんです。だから、警備会社をやってる倉本さんに、ぺこぺこしてるみたいで」

沙絵子も警察官だから、そのへんの事情は詳しく知っているようだった。

竹村の話はもうたくさんだな、と俺が思ったとき、村井が腕時計を見た。

「おっ、もうこんな時間か。そろそろ退散しよう。よかったな、沙絵子。先生に会えて」

「ええ、そうね。待ってた甲斐があったわ」

酒を飲んでいた俺は、あわててグラスから口を離した。

「もしかして、俺に会いに来てくれたんですか」

「お詫びがしたかったの。竹村のこと、桐ヶ谷くんに聞いたから」

「すみません。かえって気をつかわせちゃったみたいで」

「とんでもない。お会いできてよかったわ」

沙絵子はにっこりとほほえんだ。

すてきな笑顔だな、と思った。村井の妻であることはわかっているのだが、もし有紀がいなかったら好きになっていたかもしれないな、などという思いが頭をかすめる。

二人が店を出ていく際、沙絵子から目が離せなかった。魅惑的な後ろ姿だった。刑事課のソファーで、美しい脚を拝ませてもらったときのことが、頭によみがえってくる。

「先生、ちょっと話してもいいかな」

大滝の声で、俺は現実に立ち返った。

「どうしました、ご隠居。あらたまっちゃって」

「いや、前から話そうと思ってたんだ。もっと早く話してれば、今回の事件は回避できたんじゃないかって、ちょっと残念でね」

聞き捨てならない言葉だった。とはいえ、まだまったく意味がわからない。

マスターがカウンターの中から出てきて、入口の戸を閉めに行った。いつもよりだいぶ早いが、どうやらもう閉店にするつもりらしい。二人にゆっくり話をさせてくれる気なのだろう。

「先生とは、この店でたまたま出会ったわけだが、私はその偶然に感謝してたんだ。私はね、あいつら三人、牧野、白石、樋口を、ずっと追いかけてたんだよ」

「どういうことですか、ご隠居。三人に何かされたんですか」

「私が直接、被害を受けたわけじゃない。それよりもっときつい話だ。私には兄貴がいて、やっぱり医者をやってたんだが、一人娘がいてね。私にとっては姪っ子だ。茜(あかね)っていうんだが、これが実にかわいい子だった。私にもよく懐いてたもんさ」

大滝が過去形で話していることが、俺は気になった。つまり、大滝の兄も、その娘である茜も、もうこの世にはいないということが推測できる。

「兄夫婦は、ものすごくかわいがってたんだ、茜を。もうできないとあきらめたころに授かった子だったからな。兄は五十近かったし、義姉も四十をとうに超えていた」

大滝は、しんみりした口調で続けた。

戻ってきたマスターが、奢りです、と言って二人に酒を出してくれた。

「俺は引っ込んでますから、何かあったら呼んでください、ご隠居」

「ありがとう。そうさせてもらうよ」

言葉どおり、マスターは奥の部屋に消えた。

新しいグラスに口をつけ、一つため息をついてから、大滝がふたたび喋りだす。

「三年前、茜は自殺したんだ」

「自殺、ですか」

「ああ。あの三人に、レイプされたうえでな」

「レイプ？」

俺は言葉を失った。

彼ら三人に前科があるという話は、週刊誌記者の山沢から聞いている。公式な罪という意味での前科ではない。罪には問われないまま、三人は四件のレイプ事件を起こしているというのだ。そのうちの一件の被害者が、大滝の姪ということになるのだろうか。

「姪の自殺は、私にも兄貴にも唐突だった。だが、長い遺書が残されていてね。実は茜には婚約者がいたんだ。その彼と、兄貴と、それから私宛てに、三通の遺書が残っていた」

「姪御さん、おいくつだったんですか」

「二十一だ。女子大の三年だったよ。婚約者は二つ年上の幼馴染みで、茜が卒業したら一緒になることになってたんだ」

「ご隠居もお兄さんもつらかったでしょうけど、婚約者の人、気の毒でしたね」

「発狂寸前だったよ。遺書でレイプ犯の名前がわかったとき、絶対に自分が殺してやる、って言ってたもんさ」

彼の気持ちは、俺にもよく理解できた。許されることなら、俺だってあの三人を殺してやりたいくらいの気分なのだ。

「かなり克明に書かれてたよ。どんなふうにレイプされたかがね。とんでもないやつらだ。まだ中学生だったくせに、法律のことまで考えてやがって」

「法律？」

「刑法百八十条だ。いまは法律が変わったんだが、当時は強姦は親告罪で、被害者が訴えなければ裁かれることはなかった。ところが、複数でやった場合は、告訴がなくても捜査や逮捕ができたんだ。あいつら、そのへんをちゃんと考えて、時間をおいて順番に犯しやがった」

「集団レイプじゃない、ってことにしたかったわけですか」

「ああ、そのとおり。一人目は当然、激しく抵抗するよな。しかし二人目になれば、もう茜だって抗う気力もなくしてる」

「そんなことまで考えてやってたんですか。許せないな」

俺は唇を噛み、三人を相手にした弓子のことを思った。

三年生の坂本の一件があったとはいえ、どう考えてもあの三人に対して、弓子のほうから体を開くはずはなかった。おそらく一人目に犯され、抵抗心を失ったところで、ほかの二人にも犯されたのだろう。

「先生、レイプされた女が告訴するなんてこと、簡単にできると思うかね？」

「難しいでしょうね。あんたのほうにも隙があったんじゃないのか、なんてことを警察で言われるって話も、けっこう伝わってますから」

「交通事故にでも遭ったと思って忘れろ。これがレイプに対する普通の対処の仕方らしい。だが、茜にはそんな器用なことはできなかった。婚約者のことを考えたら、生きてることもできなくなったんだ」

「それで自殺、ですか」

大滝はうなずいた。

「西尾くんは、ああ、茜の婚約者の名前だが、彼は強い男だから、茜がちゃんと打ち明けてたら、一緒に闘ってくれただろうがね」

婚約者の悔しさを、俺はあらためて考えてみた。三人に対する憎しみは、相当なものだったに違いない。

「彼はどうしてるんですか。あきらめきれないでしょう。三人が罪に問われることもなく、高校に進学なんかしてるんだから」

「そのとおりだよ。せめて反省して謝ってくれれば、とも言っていたが、あの連中にそんなことを望むのは無理ってもんだ。だから、私が代わりにやってやる、って西尾くんに約束したんだよ、先生」

「ご隠居が、代わりに？」

さすがに俺もどきっとした。話の流れからすれば、茜の婚約者だった西尾に代わって、大滝が三人を殺そうとしているかのように聞こえる。

俺の胸の内を読んだかのように、大滝が続けた。

「もちろん、殺しまでやる気はないよ。そんなことをしたって、あいつらを楽にするだけだからな。私はね、先生、あいつらにも茜の気持ちを味わわせてやりたいんだ」

「茜さんの気持ちって？」

「生きてる苦しさに耐えられなくなって死んだわけだが、死ぬときだって茜は苦しかったに違いないんだ。マンションの屋上から飛びおりたんだからね」

「即死ですか」

「ああ。最後にまた苦しい思いをしなかっただけ、救われたのかもしれん。だがね、あいつらにはそんなことはわからない。レイプさえ否定したんだからな、やつらは」

「でも、遺書があったわけでしょう？　あいつらが犯人だって書かれてたのに、どうして捕まらないんですか」

「生きてる人間の証言じゃないからね。私も驚いたんだが、大した証拠にはならないようなんだ、遺書は」

「そんな馬鹿な……」

　俺は憤りを感じたが、そんなものなのかもしれない、という思いもあった。まさに死人に口なし、なのだ。遺書にどんなことが書かれていようと、三人が三人とも否定すれば、警察や検察は一概に嘘と決めつけるわけにはいかないのだろう。

「兄貴が警察に遺書のことを話したら、すぐに弁護士がやってきたよ」

「弁護士？　あいつらのですか」

「白石の父親が雇った男だ。父親の会社の顧問弁護士だったようだ。おかしいと思わないか？警察に事情を話しただけで、相手方の弁護士が来るなんて」

「確かに変ですよね。警察が向こうに話したってことになるんでしょうか」

苗字は違うが、白石の父親は大きな会社のオーナー社長だ。倉本と同じように、警察に強いコネクションを持っているのかもしれない。

「驚いたよ。弁護士の野郎、最初から金額の提示だからな」

「つまり、示談にしようってわけですか」

「それならまだ救いがある。あいつ、いけしゃあしゃあとぬかしやがった。こんなくだらないことに、依頼人の息子さんを巻き込まないでいただきたい。厚意でこれだけのお金をお支払いするんだから、レイプだとか、根も葉もないことを言わないでくれ、ってな」

俺は、いつも上から目線の倉本のことを思い出した。白石の父親も、おそらく似たようなタイプなのだろう。

「断ったんですよね、そんな申し入れは」

「当然だ。弁護士の捨てぜりふもよく覚えてる。もったいないですね、受け取りを拒否したところで、なんの得にもならないのに。あの野郎、最後にそう言いやがった」

いつも温厚な大滝が、珍しく憤慨していた。頬が赤みを増している。

水割りを口に含み、あらためて大滝は言う。

「先生にぜひお願いしたいのは、私がやつらに復讐するチャンスを作ってほしいってことなんだ」

「チャンスって言われても……」

「私が呼び出したって、出てくるわけがない。だが、先生なら可能なんじゃないかな。たとえば授業のこととかで、あいつらを呼び出すことが。できるだけ、一人ずつ、あいつらと向き合わせてほしいんだ」

俺は考え込んだ。三人を呼び出すことぐらいは可能だろう。弓子のことがあるから警戒はしているだろうが、話があると言えば出てくるに違いない。だが、そんなことをしていいのかどうか、簡単には判断がつかなかった。

水割りをひと口飲んでから、ふたたび大滝が喋りだす。

「心労が祟ったのか、去年、兄も義姉も相次いで亡くなったよ」

「それはお気の毒に」

茜の両親の気持ちは、俺にも十分に伝わってきた。茜も含め、三人とも無念の死を迎えたことになる。

「そんなこともあって、私はあいつらが許せんのだよ、先生。さっきも言ったように、殺しまでやる気はない。だが、少なくともあいつらに、死の恐怖を味わってもらいたいとは思ってる」

「死の恐怖、ですか」

「簡単に言えば、自分は殺される、って気持ちにさせてやりたいんだ。メスで血管の二、三本は切ってやってもいいと思ってる。失血死寸前まで、追い込んでやりたい」

「そんなことをしたら、ご隠居が捕まっちゃいますよ」

「覚悟はできてるよ。どうせ老い先は短いんだ。あいつらを殺して死刑になるって手もある。だがな、殺す価値もないんだよ、あんなやつらには。もう死ぬんだって気持ちを味わわせることができたら、それでいいと思ってる」

大滝の目は真剣だった。どうやら本気らしい。

とはいえ俺としては、はいそうですか、というわけにはいかなかった。病院は息子に譲っているとはいえ、その息子も含め、大滝にも家族がいる。彼が犯罪に手を染めるのを、黙って見すごすわけにはいかない。

「もうちょっと待ってみませんか、ご隠居。家内の件で、警察もまだ三人への疑いを完全に解いたわけではないみたいですから」

「それはそれだよ、先生。もし逮捕されたとしても、せいぜい少年院送りってところだろう? 反省など何もしないうちに、どうせまた娑婆に出てくるんだ。それにね、私がやらなければ、きっと西尾くんがやってしまう」

俺はどきっとした。大滝の言うとおりだと思った。

茜の婚約者だった西尾は、代わりに罰してやるなどという大滝の言葉で、納得はしていないだろう。三人の名前も居場所もわかっている以上、いつかは復讐してやろうと思っているに違いない。

これから一緒に幸せな家庭を築くはずだった相手を、西尾は奪われたのだ。大滝と違って、実際に三人を殺す気でいる可能性だって、ないとは言えない。

「頼むよ、先生。あんたには絶対に迷惑はかけない。やつらに死の恐怖を味わわせることができたら、私はすぐに自首する。裁判になって、当然、有罪になるだろうが、そこで世間に訴えてやるつもりなんだ。やつらの罪状をね」

裁判になれば、確かに注目はされるだろう。少年法で守られているとはいえ、マスコミも黙ってはいないはずだ。三人の行動は、大きな批判を浴びるに違いない。

だが、大滝が犯罪者になることに、俺としてはやはり抵抗があった。

「ご隠居の気持ちはわかりますよ。でも、何か理不尽なんですよね。復讐したら、こっちも犯罪者になってしまうっていうのが」

「仕方がないんだよ、先生。少年法の壁ってやつだ。少年犯罪で、これまでどれだけの被害者やその家族が、悔しい思いをしてきたか……」

大滝は唇を噛みしめた。目が怒りに燃えている。

俺だって悔しいんだ。弓子はレイプされて、そのうえ殺されたんだから……。

「具体的には、俺にどうしてほしいんですか、ご隠居」

大滝に協力しようと決めたわけではなかったが、気がつくと俺は尋ねていた。

きょう初めて笑った大滝が、ゆっくりと喋り始める。

「きみの奥さんが殺された場所、確か体育館だったよな」

「正確にはダンスルームです。体育館とつながってます」

「そこには普段、人はあまりいないのかな?」

「いや、部活で使ってますから、だいたいだれかいますよ。弓子が殺されたときは、試験前で部活が禁止だったんです。だれもいないと知ってて、やつらは弓子をあそこへ連れ込んだんでしょう」

「なるほど、そういうことか」

グラスを手に取り、酒をひと口飲んでから、大滝はまた話しだす。

「もしだれもいなくなる時間があるのなら、そのダンスルームとやらがいい気がするんだが、どうかな」

「つまり、あいつらをそこへ呼び出すってことですか」

「ああ。できれば一人ずつ、順番にな」

三人の生徒と大滝が向かい会うさまを、俺は想像してみた。そして、すぐに首を横に振った。

「やっぱり無理ですよ、ご隠居。あいつら、みんなかなりいい体格をしてます。一人ずつ呼んだとしても、ご隠居の力では、とても……」

「私は医者だよ、先生」

俺の言葉をさえぎって、大滝は強い口調で言った。

「即効の麻酔薬なんてものもある。ちょっと油断した隙に、さっと注射してしまえば、もう動くこともできんさ。先生は知らんだろうが、意識ははっきりしてるのに体が動かなくなる、なんて薬だってあるんだ」

「いやあ、でも、うまくいくとは限りませんよ。逆にご隠居がやられちゃうことだって考えられます」

「だったら、ほかの方法を考えるよ。たとえば、何か飲み物に薬を入れるとか」

どちらにしても、大滝の思いどおりにいくとは思えなかった。

それでも、大滝は間違いなく本気だった。俺が説得したところで、簡単に止めることはできそうもない。

「頼むよ、先生。ほんとうに呼び出してくれるだけでいいんだ。先生にとっても復讐になるわけだけど、もちろんあんたに迷惑はかけない」

「まあ、考えてはみますけど」

曖昧ではあったが、ある程度のところまで、俺は約束させられてしまった。

第四章　処刑部屋

1

放課後、俺はまた校長に呼び出された。

今回は倉本は来ていなかったが、校長の酒井は倉本の代弁者のようなものだった。ソファーで向かい合うなり、苦虫を噛みつぶしたような顔で言う。

「まだ辞表を書く気にはなれんかね、狭間くん」

俺は鼻で笑った。

「どうしたんですか、校長。理事会に諮(はか)って、俺は即、クビにするはずだったんじゃないんですか」

「うん、まあ、理事会にもいろいろ事情があってな」

「事情というのは?」

酒井の顔に、しまった、という表情が浮かんだ。自分の手の内を見せたくないという思いがあるのだろう。

気を落ち着けるように息をついてから、あらためて酒井が口を開く。

「理事長はね、できるだけ穏便にことを済ませたいと考えてらっしゃるんだよ。解雇では退職金も出ない。きみが素直に辞表さえ書いてくれれば、わざわざ理事会の手を煩わせる必要もないんだ。議論の余地もないしな」

「ほう、議論になってるわけですか」

「いや、それは……」

「理事の中にも、まだ良心の残ってる人がいるわけですね」

酒井の顔が、いっぺんに紅潮してきた。

「何を言ってるんだね、狭間くん。きみをクビにするぐらい、簡単なことなんだ。理事長はきみのことを思って……」

「やめてください、校長」

酒井の言葉を、俺は途中でさえぎった。

「わかってますよ。金石(かねいし)さんが反対してるんでしょう？　九人の理事のうち倉本派は六人で過半数だが、少数派も無視はできない。そういうことですよね」

「う、うん、まあ」

金石というのは理事の一人で、倉本と同じように都議会議員をやっている。学園の卒業生でもあり、理事歴は倉本より古い。倉本が俺の懲戒を議題にしたのは事実だが、どうやら金石が反対したようなのだ。

この話を、俺は雑誌記者の山沢から聞いた。山沢の調べはずいぶん進んだようで、倉本についいて、かなりの話も聞き込んでいるらしい。

Ｆ組の設置をはじめとする学園の大改革を実行した当初は、理事会は倉本の意のままだった。しかし、だんだんとそうでもなくなってきているのだという。卒業生でもある金石が、ことあるごとに倉本に反対するようになったからだ。

倉本が俺の懲戒を提議した際、すぐに金石が手をあげて反対意見を出したそうだ。

「理事長は独断的すぎる。学校を支えているのは教師たちでもあるんだ。こんなにどんどんクビにしていたら、先生たちの信頼を失ってしまう。生徒と同様、彼らも学園の宝だというふうに考えないと」

金石は、こんなふうに言ったらしい。

ありがたいとは思いながらも、俺は積極的に金石に感謝する気分にはなれなかった。倉本と同様、金石も腹に一物（いちもつ）という人物だからだ。彼が、いずれは国会へ、という夢を持っているという話は、ずいぶん前から聞いている。話としては倉本のほうが後発なのだ。

山沢との会話を思い出していた俺は、酒井の咳払いで現実に立ち返った。

「なあ、狭間くん。きみが辞めるかどうかは別として、いい加減、あの三人を疑うのはやめにしたほうがいいんじゃないのかね」

「何を言ってるんですか、校長。やつらは、弓子とセックスをしたことまで認めてるんですよ。ほかにだれが弓子を殺す可能性があるって言うんですか」

「いや、しかし、本人たちはきっぱり否定してるし、警察だって、彼らは疑いなしとして帰したんだから」

「違いますね」

俺は即座に否定した。

竹村のように、俺に疑いを向けてくるような刑事もいるくらいだから、なかなか捜査は進展していないのだろう。しかし、少なくとも望月や桐ヶ谷は、三人の生徒への疑いを解いてはいない。

「まだ捜査中ですよ、校長。三人が一緒にやったとは限りませんけどね」

「どういうことかね？」

「お聞きになってませんか。あいつらは法律のことまで考えて、これまでにもレイプを重ねてきたんです」

「狭間くん、めったなことを言うもんじゃないよ。レイプを重ねてきたって、どういうことなんだい？」

酒井は首をかしげた。

とぼけているようには見えなかった。どうやらほんとうに知らないらしい。

一つため息をつき、俺は身を乗り出した。

「やつらには前科があるんですよ、校長」

「前科？」

酒井は、俺が初めてこの話を聞いたときと同じ反応をした。問いかけてはいるのだが、なんとなく納得しているような、そんな雰囲気だ。

「罪にはなってませんよ。父親たちが暗躍して、なんとかおさめてしまったようですから。でも、わかってるだけも四件、やつらはレイプ事件を起こしてます。被害者の一人は自殺までしてるんです」

俺の脳裏に、大滝の顔が浮かんできた。大滝は三人に復讐しようとしている。俺はその手助けを頼まれたのだ。まだ手伝おうと決めたわけではないが、俺だって三人が逮捕もされていないことには、かなりのフラストレーションを感じている。

「さっききみが言った、法律のことっていうのは?」

酒井が質問を重ねてきた。

「いまは法律が変わりましたが、レイプはかつて親告罪だったんですよ、校長。被害者が訴えない限り、犯罪そのものが成立しない。ところが、複数でやった場合は、もともとそうじゃなかったんです。訴えがあろうがなかろうが、事件として捜査の対象になる」

「意味がよくわからんな」

「ですから、あいつらは三人でレイプをしたくせに、実際には時間をおいて、別々にやってたんですよ。これなら集団レイプにはなりませんからね」

「しかし、罪になってないってことは、訴えも出ておらんのだろう?」

俺は苦笑した。倉本の配下にいる男だから仕方がないとも言えるが、酒井は完全に三人の側に立って話をしている。

「校長、レイプ犯を告訴することがどれだけ大変か、おわかりになりますか」

「大変だろうがなんだろうが、被害を受けたら普通は訴えるだろう」

「認識不足ですね、校長は」

あえて厳しい口調で、俺は言った。

「そんな甘いもんじゃありませんよ。訴える以上、自分が受けた被害の詳細を、警察で話さなければならないんです。いくら秘密にしていても、裁判になれば必ず被害者の名前も明かされる」

「まあ、そうかもしれんな」

「女性にとって、これはもう拷問ですよ。だから、多くが泣き寝入りすることになる」

泣き寝入りで済めば、まだ救いはある。大滝の姪のように、レイプで心と体をずたずたに引き裂かれた末に、自ら命を絶ってしまう女性だって少なくはないのだ。

酒井はまたにがりきった顔になった。

そんな彼に向かって、俺はさらに言葉を投げつける。

「校長、三人を退学にするおつもりはないいんですか」

「退学？　何を言ってるんだ、きみは。罪を犯したわけでもない生徒を、退学になどできるわけがないだろう」

「だったら、俺に退職を勧める理由はなんなんですか。俺だって、べつに罪を犯したわけじゃない。ただ理事長やあなたの考えに反対してるってだけの話じゃないですか」

牧野、白石、樋口の三人を退学させるべきだという提案は、すでに職員会議に諮られている。発案者は国語教師の田所だ。今回のことだけでなく、これまでもいじめの問題などで、三人の名前が何度も挙がっていたからだ。

提案は、即、却下だった。理事長や校長のやり方を快く思っていない教師は全部で七、八人はいるはずだが、田所と俺、弓子以外から賛同は得られなかった。自分の職を賭けてまで、体制側と戦おうという教師はほかにいないのだ。

一つ深く息をついて、酒井が口を開く。

「これ以上、くだらないことを言わないでくれ。とにかく、私の希望はきみが辞表を書いてくれることだ。それで丸くおさまるんだから。なんだったら、ほかの学校への紹介状を書いてもいい」

「ご心配なく。俺は最後まで戦うことに決めましたから」

「戦うって、きみ、そんな……」

「おかしいですよ、校長。教育にはなんの関係もない理事長が、学校のことをどんどん決めていくなんて。俺をクビにするのは勝手ですけど、俺は俺なりにできることをしますから、そのおつもりで」

酒井は何か言いだしたが、最後まで聞かずに席を立ち、俺は校長室を出た。

待っていたかのように、廊下で田所が近づいてきた。硬い表情をしている。

「狭間先生、実はちょっと困ったことになってな」

「なんですか、いったい」

「ここでは話しにくい。また帰りにあそこで会おうか。西新宿の喫茶室『マドンナ』に五時半でいいかな。山沢くんも来るから」

「わかりました」

深刻そうな田所の顔に不安を覚えたが、とにかく俺は承諾した。

そのとき、二人の間に割って入ってくる者がいた。二年F組の白石だった。

「おい、田所。てめえ、いい加減にしとけよ。また職員会議で、俺たちを退学させようとしたらしいじゃねえか」

「当たり前だ。くだらない問題ばかり起こしておいて、よく平気で学校へ来られるな。今回は一年生の玉城（たまき）に命令して、万引きをさせたって話じゃないか」

「ふん、くだらねえ。あんなもの、単なる遊びだよ、遊び。玉城だって、俺たちの仲間に入りたくて、ああいうことをやったんだ。今回はつかまっちまったが、あいつはあいつなりに楽しんだはずだぜ」

「ふざけるな。本人と両親、教頭が揃って店に謝りに行ったんだぞ。幸い、向こうが理解してくれたからよかったけどな」

「おまえには関係ねえだろうが。俺だって名前を出されて、いい迷惑をしてるんだ」

「迷惑だと？　自分で起こした問題だろう」

「知らないね。だれか、俺を訴えるとでも言ってるのか？」

白石の父親は大きな会社を経営していて、かなりの権力者でもある。愛人の息子であるこの男の扱いにはずいぶん苦労しているらしいが、それでも金とコネを存分に使って、彼が起こした問題は、いつもきれいに処理してしまっている。

「あんたみたいな男は、黙って働いてりゃいいんだよ。これ以上、俺に何かしようとしたら、ほんとうに黙ってないぜ。クビを覚悟しておくんだな」

「き、貴様」

今度は俺が、二人の間に割って入った。白石の胸ぐらをつかむ。

「おい、白石。犯罪者のおまえが、なんで堂々とこんなところにいるんだ？」

「犯罪者？」

「レイプ四回、弓子も入れれば五回だ。おまえが少年院に入ってても、だれも不思議には思わないぞ。今度はそれに殺人まで加わったんだ。たとえ刑務所にぶち込まれても、文句は言えないよな。死刑でもいいくらいだ」

「放せよ、狭間。あんたにも言っておきたかったんだ。俺はレイプなんかやってねえ。あんたのかみさんは、素直にやらせてくれたよ。三年にやらせて、俺たちにはやらせねえ、って手はねえもんな」

「おまえ、まだそんなことを言ってるのか。弓子が抵抗したから、最後は面倒になって殺したんじゃないのか」

「冗談じゃない。俺たちは殺してなんかいねえよ。警察でも調べられたが、無実が証明されたから、ちゃんと解放されたんじゃねえか」

俺としては、これ以上、突っ込みどころがなかった。疑いは解いていないはずだが、警察はまだ彼らを犯人と断定はしていないのだ。

制服の襟にあった俺の手を振り払い、白石は田所のほうに向き直った。

「二人揃って、とんでもねえ教師だな、おまえら。いいか、田所。俺は本気だからな。辞めたくねえんなら、これ以上、俺に深入りするな」

そんな捨てぜりふを残して、白石は去っていった。

俺と田所は向かい合い、同時に肩をすくめた。

2

「なんですか、この記事は」

喫茶室『マドンナ』に入ってコーヒーを注文したあと、山沢からゲラと呼ばれる校正刷りを見せられた俺は、思わず声を荒らげた。

来週発売の雑誌に載る予定の原稿だそうで、『欲望学園の堕落、童貞キラー女教師、謎の死』というタイトルがまず目に飛び込んできた。

読み進めていくうちに、俺は体が震えだすのを感じた。

「都内新宿区にある漆原学園高校で、一人の女性教師が絞殺された。もともとこの教師には男子生徒に手を出す癖があり、生徒たちの間では『童貞キラー』とまで呼ばれていた。見たところレイプ殺人の疑いが強かったものの、関わった生徒たちは、合意のうえでのセックスだったと主張し、犯行は否定しているという。果たして捜査の行方は……」

こんな形であおったあと、ある受験生の欲望を処理するために弓子が抱かれてやったことが、何倍にもふくらんだ形で書かれていた。俺も先生にやらせてもらった、などという、捏造としか思えない生徒の証言も並んでいる。

俺の頼んだコーヒーがテーブルに載った瞬間、がたっと大きな音がした。見ると山沢がひざまずいていた。決してきれいとは言えない床に、頭をこすりつけている。完全に土下座だ。

「すみません、先生。俺が甘かったんです。デスクから、これまでに調べたものを見ておきたいと言われて、渡して帰ったのが間違いでした。まさかこんな形で記事にされてしまうなんて……」

山沢は、ほとんど泣いていた。

彼を責めてもどうにもならないことは、俺にも理解できた。まだ若手記者の山沢には、記事の掲載を止める力などないのだろう。

「どうやら与党のほうが、茶々を入れてきたようなんだ」

田所が言葉を挟んだ。

彼も俺と同じくらい悔しいのだろう。これまでに見たこともないような、苦悶の表情を浮かべている。

「与党のほうって、どういうことですか」

「代議士の公認候補にするかもしれない倉本を悪く書いた記事は、どうしても載せたくなかったってことさ」

「それって、おかしくないですか、田所先生。弓子を淫乱教師にすることで、学校の評判は確実に落ちますよ。当然、理事長の立場も悪くなる」

俺の反論にうなずきながらも、田所はさらに持論を展開する。

「どっちがましかってことなんだろう。うちの学校をエロ学園にしてしまうことと、理事長の行状を徹底的に暴かれることを比べたんじゃないかな。噂程度なら、どうにでも取り繕うことができるが、理事長の汚点をバラされたんじゃ、代議士の夢も消える」

「しかし、何もここまでやらなくたって」

俺は唇を噛んだ。

二人の会話に、下から山沢が割り込んでくる。

「ほんとうにすみませんでした、先生。でも、ぼく、このままじゃ終わらせませんよ」

「どうする気だい？」

「うちの雑誌が駄目なら、他社に持ち込んでみます。こんなことまでされて、あの会社に残っていたいとは思いませんから」

「とにかく座らないか、山沢くん。そんなところにいたら、話もできない」

もう一度、深々と頭をさげてから、山沢は立ちあがった。あらためて俺の正面、田所の隣に腰を沈める。

「実はもう、ある出版社に連絡はしてあるんです。ライバル関係にある雑誌を発行してるところなんですが、明日、編集長が会ってくれることになってます」

多少なりとも、山沢は立ち直ったようだった。真剣な表情で俺を見つめてくる。

「まさかこんなことになるとは思わずに、あの三人のこと、あらためて調べてるところだったんです」

「三人って、牧野、白石、樋口のことだね」

「はい。とんでもないやつらですけど、気の毒になるくらい、家庭環境はひどいですね」

白石と樋口が愛人の子であることは、俺も聞いていた。牧野に関しては、ほとんど何も知らない。

「いろいろ問題はあるだろうけど、少なくとも母親はいるわけだろう?」

俺の問いかけに、山沢は小さくうなずいたものの、表情は暗かった。

「あれじゃ母親とは言えませんね。樋口の母親が特にひどくて、もう二度と息子には会いたくない、なんて言ってるんです」

「息子に会いたくない? なんでまた」

「例のレイプだけじゃなくて、いろいろ問題を起こしてますからね、樋口は。いやになる気持ちもわからないではないんです。でも、普通は更生させようとするでしょう? 自分がお腹を痛めて産んだ子供なんですから」

山沢の言葉には、怒りがこもっていた。

俺も同意する。

「俺には子供はいないけど、もしいたら、その子のためならなんでもしてやりたい、って思うだろうな」

「樋口の母親は、彼を矯正施設に入れようとしてたみたいなんです」

「矯正施設？」

「有名なところでは、例のヨットスクールがあるでしょう？　あそこを真似た感じで、全国にいくつかできてるんですよ。全寮制で、生徒の性格を根本から叩き直す、なんてことをうたい文句にしてる教室が。ぼくたちマスコミは、だいたい矯正施設って呼んでます。本来は拘置所とか少年刑務所を指す言葉なんですけど」

　ヨットスクールのことは俺も知っていた。そこに自分の子供を放り込む親の気持ちには、ずっと疑問を感じていたのだ。まさか身近なところに、そういう親がいるとは思ってもみなかった。

「施設入りなんて、当然、樋口が素直に応じるわけがありません。そんなとき、母親がお宅の学校の話を聞いたんでしょうね。たぶん、白石の父親からだと思います」

「ほかの二人はどうなんだ？　やっぱり母親が見放すくらいの状態なのかい？」

「似たようなもんですね。三人は大鳥居学園中学のころから、ずっとつるんで悪いことをしてましたから」

「うちの高校に入っても、行状はまったく変わってないってわけだ」

田所が言葉を挟んだ。唾でも吐きかけてやりたい、という顔をしている。

山沢が続ける。

「矯正施設のことは、牧野の母親も考えてたみたいです。ただ、白石の場合はおやじが世間的に有名ですからね。いくら非嫡出子でも、まさか自分の息子を矯正施設に入れるわけにはいかないってことで、漆原学園へ入学させることに決めたんでしょう」

「結局、倉本理事長の方針が、諸悪の根源なんだよね」

俺が言うと、山沢の横で田所が大きくうなずいた。

「だからさ、とにかく理事長を追放しようじゃないか、狭間先生。奥さんを亡くしたばかりのあんたには申しわけないが、いまがチャンスだと思うんだ」

「確かにそうですね。あの三人の生徒は、倉本の息子の取り巻きみたいなものです。それだけでも、倉本のおやじのほうに責任を取らせたい気分ですよ、俺は」

俺の中で、また怒りが湧きあがってきた。実行犯がだれなのか、まだはっきりとはしないものの、あの三人の中にいることは間違いないのだ。にもかかわらず、三人は平気な顔で学校に出てきている。

「理事長さえいなくなれば、あの三人を退学させることも可能だ。もっとも、警察が弓子先生を殺した犯人として逮捕してくれれば、職員会議とかの手間もなくなるんだけどな」

「まったくそのとおりですね。何をやってるのかな、警察は」

いらいらした気分で、俺は冷めかけたコーヒーを飲んだ。このところ、担当の望月警部補からの電話も途絶えている。

「遅いなりに、進めてはいるようだよ、捜査は」

俺を慰めるように言ったのは、田所だった。

「何かお聞きになってるんですか」

「聞いてるも何も、俺も取り調べを受けたんだ」

「取り調べ？　田所先生が、ですか」

あまりにも意外な話に、俺は思わず問いかけた。

苦笑いを浮かべ、田所は首肯(しゅこう)する。

「狭間先生は被害者のご主人だし、ほかの先生たちも気をつかって話してないんだろうが、先週くらいから、一人ずつ事情を聞かれてるんだ。署には呼ばれたけど、使ったのは応接室みたいなところだったし、取り調べというより、単なる事情聴取だがね」

「何を聞かれたんですか、先生は」

「大したことじゃないよ。生前の弓子先生の様子とか、仲のよかった教師、不仲な教師はいたか、とかね」

「うちの教師を疑ってるんですかね、警察は」

「どうかな。可能性のある人間を、あぶり出そうとしてるだけなんじゃないの？　無駄だと思うけどね。犯人は、やっぱりあの三人の中にいるはずだし」

警察に対して、俺はあらためていらだちを覚えた。素人考えなのはわかっているが、三人の証言を吟味すれば、最終的にだれが弓子を殺したのか、簡単に判明するのではないか、と思えてしまう。

「殺人犯としてあの三人が捕まったら、親たちはどういう反応をするんでしょうね」

山沢が、遠くを見るような目をして言った。

息子が殺人を犯した。普通なら、正気ではいられないだろう。自分が罪を犯した場合以上に狼狽し、絶望的な気分になるに違いない。

だが、子が子なら親も親。あの三人の親たちに関しては、一般的な発想は通用しそうになかった。もう二度と息子に会いたくない、などと言っている親なのだ。ああ、捕まったか、と他人事のように受け止める可能性だってある。

「とにかく、ぼくは取材を進めてみます。罪にはなっていないレイプの件も、もう少し突きつめてみようと思ってるんです」

山沢の言葉で、俺は大滝のことを思い出した。

「突きつめるって、どうするんだい？　被害者に会ってみるとか？」

「本人はさすがに無理ですけど、一人の被害者のお父さんが、会ってもいいって言ってくれてるんです」

大滝の姪の場合、父親はすでに亡くなっている。山沢が会うのは、ほかの被害者の家族ということになる。俺は少しだけほっとした。

「実はですね、明日会うことになってる雑誌の編集長のところに、お父さんが連絡をくれたらしいんですよ」

「その雑誌は、これまでにレイプのことを記事にしてたの？」

「いいえ、そうじゃなくて、今回の事件のことが書かれたのを見たんだそうです。そのお父さんも、娘をレイプした男たちのことはずっと追いかけていて、漆原学園に入ったことも知ってたんです。そこへ女性教師殺しですからね」

兄の娘の事件であっても、大滝はあれほど真剣になって追っているのだ。自分の娘となれば、たとえ自殺はしていなくても、レイプ犯を憎む気持ちは大きいに違いない。

「まあ、きょうはこのぐらいかな」

田所が、そろそろ切りあげようと声をあげた。

俺はうなずいた。これ以上、三人で話し合うことはなさそうだった。自分で何もできないのは歯がゆいが、あとは山沢の取材に期待するしかない。

「ほんとうに、今回は申しわけありませんでした。他誌できちんとした記事が出せるように、精一杯、頑張りますので、これからもよろしくお願いします」

もう一度、山沢が深々と頭をさげてきた。

「あっ、そうだ。今度、理事長の改革に反対の教師が、みんなで集まることになったんだ。軽い飲み会だけど、狭間先生も参加してくれるよね」

思い出したように、田所が一枚の紙を取り出してきた。一番上に田所の名前が、それから順に七人の教師の名前が書かれている。

「幹事は俺がやるんで、一応、名前を書いておいてほしいんだ。いいかな」

「はい、もちろん」

田所が差し出してきたボールペンで、俺は自分の名前を書き加えた。

先ほど見せられたゲラ刷りを受け取り、俺は間もなく店を出た。

3

二十分後、学校の駐車場に戻り、俺が車のドアを開けて乗り込もうとしたときだった。いきなり背後から、だれかに背中を蹴りつけられた。

ドアに沿ってすべり落ちるように、俺はコンクリートの上に這いつくばった。

第二弾は、すぐにやってきた。今度は右の脇腹を蹴られた。スニーカーらしきものをはいた足先が、わずかに見えた。

ほぼ同時に、左の脇腹にも衝撃が来た。相手が複数であることが確定した。俺を待ち伏せしていたらしい。

次の攻撃が来る前に、俺は上体を起こした。

一瞬のうちに、右の拳をぎゅっと固めた。右側にいる相手の気配を感じながら、振り向きざま、左から右へ拳を振りあげた。ちょうど、テニスのバックハンドストロークのような形だ。

拳の小指の側が、腹部に食い込んだ。うっ、とうめいた男が、がっくりと膝をついた。すぐには起きあがれそうもない。

返す拳を、俺は左側にいた男の腹部にたたき込んだ。これは正面からの一撃で、確かな手ごたえがあった。両手で腹をかかえるようにして、男はうずくまる。

彼らの背後にもう一人、男がいることに気づいた。

俺は内心で思わず笑ってしまった。三人が三人とも、目だし帽と呼ばれるものをかぶっていたからだ。

テレビドラマじゃあるまいし、実際にこんな格好をするやつがいるとはな……。

三人目が向かってきた。振りあげた右手で殴ろうとしているようだったが、俺の目には、その動きはほとんどスローモーションのように映った。

攻撃をかわし、俺は右足を振りあげた。腰を回転させつつジャンプし、目だし帽をかぶった顔面に蹴りを食らわせる。

顎のあたりに、完璧に決まった。派手な悲鳴をあげて、男はあお向けに倒れた。顎の骨ぐらいは折れたかもしれない。

最初に襲ってきた男が、背後から俺の腰にしがみついてきた。引き倒そうとしているようだが、やはり力不足だった。俺は彼をはねのけ、胸に蹴りを入れる。

「だ、駄目だ。逃げよう」

腹をかかえてうずくまっていた男が、弱々しい声をあげた。

はっきりとはしなかったが、弓子を犯した生徒のうちの一人、牧野の声のように思えた。俺の中で、怒りが沸騰する。

「てめえら、どういうつもりだ。弓子ばかりか、俺まで殺そうってのか」

牧野、白石、樋口の三人であることは、もはや疑いようがなかった。がたいは大きいが、喧嘩慣れしているようには見えなかった。それぞれが支え合うようにして立ちあがり、一目散に駆けだしていく。

俺は追わなかった。警察に通報するつもりもない。

だが、これで決心がついた。どんな形になるかはわからないが、ご隠居に協力しようという気になったのだ。

それにしても、俺を襲うとはな……。

俺は苦笑した。俺は喧嘩には慣れている。少し荒れた高校で、俺は柔道部と空手同好会に入っていた。同好会のほうにいた高野(たかの)という男に、俺は実際の喧嘩のやり方を教わったのだ。部活レベルの柔道や空手など、なんの役にも立ちはしない、と高野は言っていた。

高野に連れられて、ほんとうの殴り合いの喧嘩に参加したことも何度かある。一度はそれで手の指を骨折した。殴り方も考えなければ、自分の体が傷つくだけなのだ。そのあたりの加減は、いまでもしっかり覚えている。

てめえら、覚悟しておけよ。しっかり痛めつけてやるからな……。

三人の顔を思い浮かべながら、俺は心の中でつぶやいた。

4

家に戻ると、俺は地下のダンス室に入った。弓子がいなくなり、主を失ったこの場所は、まるで抜け殻のようだった。奥の壁には、大きな鏡が貼られている。ここに自分の姿を映しながら、弓子はいつもダンスの練習をしていたのだ。

入口近くには、三脚の上にビデオカメラが設置されていた。俺がカメラマンになって、弓子が踊っているところを撮ったことを思い出す。

これを使えばいいな。ご隠居が自分で手を出さなくても、俺がやったことを写して見せてあげれば、たぶん納得してくれるだろう……。

俺はそう考えた。そして翌日、俺は普通に授業をこなしたが、F組では白石が休んでいた。三人のうち、おそらく俺が顎に蹴りを入れたのが白石だったのだろう。

やっぱり骨折ぐらいはしたのかもしれないな……。

俺はほくそ笑んだ。なにしろ、弓子を殺したかもしれない相手のうちの一人なのだ。ざまあ見ろ、という気持ちもある。

放課後、俺は早退を申し出て数学教官室を抜け出し、駐車場にやってきた。

ここと校舎の間に、生徒用の自転車置き場がある。自転車通学は許可制で、三十人ほどが自転車を駐めている。許可された者は、本体のどこかに、クラスと名前が書かれたシールを貼らなければならない。

間もなく樋口の自転車が見つかった。徒歩十五分ほどのところにあるマンションで暮らしているはずだが、あの三人のうちで樋口だけが自転車を使っている。

迷うことなく、俺はカッターでタイヤを切りつけた。前後輪とも、すっかり空気を抜いてしまう。

車の陰に隠れ、辛抱強く待っていると、四時半近くになって樋口が姿を現した。レイプ仲間の牧野ではなく、F組の桐島という生徒と一緒だった。

俺は舌打ちしたい気分だったが、桐島はさっさと自分の自転車にまたがって去っていった。手をあげて桐島と別れた樋口が、自分の自転車のところへ向かう。

鍵をはずしたところで、タイヤの状態に気づいたようだった。

「ちくしょう、だれだ？　こんなことしやがって」

自らタイヤを蹴飛ばしながら、独り言をつぶやいている樋口に、俺は近づいた。後ろから、ぽんと肩を叩く。

「よう、いま帰りか」

「な、なんだよ、先生」

樋口の目に、明らかに恐怖の色が浮かんだ。襲ったところを返り討ちにされ、多少なりともショックを受けているのだろう。

「腹の具合はどうかと思ってな。少しまともに入りすぎたからな、パンチが」

「何を言ってるのか、さっぱりわからねえよ。だれかと勘違いしてるんじゃねえのか？」

ツッパリ風の言葉づかいはしているものの、少しだけ声が震えている。

俺は樋口をキッと睨みつけた。

「どういうつもりだ？　そんなに俺が憎いか」

「だ、だから、意味がわからねえって言ってるだろうが」

次の瞬間、俺の右の拳が、樋口の腹部に叩き込まれていた。手加減はまったくしなかった。信じられないという表情を浮かべたあと、樋口は白目を剝いた。倒れかかる体を、俺が支える。

幸いなことに、人目はまったくなかった。やや重かったが、引きずるようにして、俺は樋口の体を自分の車の後部座席に放り込んだ。

十五分後、俺は自分のマンションの地下駐車場に車をすべり込ませた。ここでは人目を気にする必要はなかった。このまま家の地下室に入れるからだ。

自分のところに車を入れ、部屋の鍵を開けた。そのうえで、樋口の体を運び出し、室内まで引きずっていく。

靴を脱がせ、樋口をダンス室に放り込んだ。樋口はまだ気を失っていて、目を覚ます気配はない。

俺は靴のままであがり、まずビデオカメラを動かし始めた。意識を回復して動きだしたら画面がずれるだろうが、現時点では、樋口が中央に写るように設定する。

それから一階にあがり、冷蔵庫からミネラルウォーターを取り出した。階段をおりながら蓋を開け、ダンス室に入るなり、逆さにして樋口の顔にぶっかける。

ぶるっと身を震わせて、樋口が目を開けた。一瞬、何が起こったかわからないようだった。しかし、すぐにその目が凶暴な光を帯びる。

「てめえ、何をしやがった？」

「それが先生に対する口の利き方か」

「うるせえ。どこだ、ここは」

樋口は起きあがった。身長は俺より少し高い。百七十五、六はあるだろう。

「場所なんかどうでもいい。敢えて言うなら、おまえの処刑場だな」

「処刑場だと？　ふん、ふざけたことぬかしやがって」

「俺が冗談を言ってるように見えるか」

俺はじっと樋口を睨みつけた。

視線の強さに、一瞬、樋口はたじろいだようだった。だが、すぐにまたツッパリ口調で言い返してくる。

「あんたのくだらねえ趣味に付き合ってる暇はねえんだよ。帰るぜ、俺は」

出口へ向かおうとした樋口の襟首をつかみ、俺は右足を飛ばした。柔道の小外刈りの要領で、樋口を床にころがす。

顔を真っ赤にした樋口は、すぐに起きあがった。俺に向かってくる。

「ふざけんなよ、てめえ。いい気になりやがって」

樋口は殴りかかってきたが、やはりスローモーションだった。あっさり右腕を取り、逆にひねりあげた。そのままジャンプし、肘をかかえ込んだ状態で床に落下する。ぐしゃっ、といやな音がした。肘が折れたかもしれない。

　樋口は獣のような叫び声をあげた。

　俺が離れると、樋口は起きあがろうとしたものの、肘の痛みがひどかったらしく、そのまま座り込んだ。左手で、右の肘を支えている。

「い、いいのかよ、てめえ。教師が生徒に乱暴して」

「こんなときだけ生徒ごっこか。ふざけるな。レイプや殺人を平気でやるようなやつに、そんなことを言う資格はない」

　あらためて、樋口は恐怖の表情を浮かべた。唇が細かく震えている。それでも、自分から喋りかけてくる。

「こんなことして、た、ただで済むと思ってるのかよ、先生」

「俺のことを先生なんて呼ぶ必要はないぞ。どうせ辞めるんだしな」

「辞める？」

「驚くことはないだろう。おまえたち、倉本と一緒になって、さんざん俺にいやがらせをしてきたじゃないか。俺を辞めさせたかったから、あんなことをしたんだろう？」

　樋口は返事ができなかった。ただ、しきりに目を動かしていた。どうやってここから抜け出すかを、必死で考えているのだろう。

「心配するな、樋口。おまえの死体は、ちゃんとどこかに埋めてやる」

「処刑すれば、当然、おまえは死体になるわけだ。ちょっと面倒だが、まあ俺に任せておけ。多摩のほうは地理的に詳しいんだ。今夜中には埋葬を済ませてやる」

「し、死体？」

「埋葬？　ちょ、ちょっと待てよ、先生。まさか本気で言ってるんじゃねえよな」

樋口の額から、ひと筋の汗が流れ落ちた。決して暑さのせいではないだろう。

「俺は本気だ。さっきも言ったように、おまえを処刑することに決めたんだからな」

「な、な、なんでそんなことを……」

「レイプ四件、弓子も入れれば五件、それに殺人だ。十分、死刑に値するだろう」

「死刑？　な、何か誤解してねえか、先生。俺はあんたの奥さんを殺したりなんかしてねえよ。それに、レイプだってやってねえんだ。みんな合意のうえだったし」

樋口の言葉が終わらないうちに、俺は思いきり足を飛ばした。樋口の顎を蹴りあげる。このために、靴をはいたままにしておいたのだ。

細かい血しぶきが舞った。樋口はまた信じられないという目で俺を見る。

「まずは白状してもらおうか。裁判でいえば、罪状認否ってやつだ」

「白状することなんか、俺には何もねえよ。言っただろう？　あんたの奥さんを殺したりしてねえし、レイプだって濡れ衣だ」

「濡れ衣だと？　ふざけるな」

俺はまた右足を出した。今度は胸のあたりを蹴りつける。

座っていた樋口は、奥の壁まで吹っ飛んだ。いま蹴られた部分に両手をあてがいながら、憎々しげな表情で俺を見つめてくる。

「おまえに最後のチャンスをやろう」

「チャンス？」

「これまでの行状を全部、素直に話したら、命だけは助けてやるかもしれない」

「お、俺が何をしたって言うんだ？　さっきも言ったけど、殺しなんかやってねえぞ」

「大滝茜さん、覚えてるよな」

樋口の言葉を無視して、俺は言った。

「大滝、あ、茜？　ああ、あの……」

犯した女の名前は、さすがに記憶に残っていたらしい。

「おまえらがレイプした女だ」

「だから、言ってるだろう？　あれはレイプなんかじゃねえよ。合意のうえのセックスだったんだ」

俺はため息をつき、次の瞬間にはまた足を飛ばしていた。樋口の顎や唇から、鮮血が飛び散る。

「どうしても死にたいらしいな、おまえ。言っておくが、ここは警察じゃない。証拠なんか関係ないんだ。ただ、俺は事実を知ってる。おまえらは大滝茜さんをレイプした。その結果、彼女は自殺したんだ。認めないのなら殺す。それだけの話だ」

「ま、待て。待ってくれ。どうして俺なんだ？　俺は誘われただけなのに」

「誘われただと？」

「ああ、そうだよ。茜って女だって、べつにやりたくてやったわけじゃない」

「ふざけるな。てめえの欲望を満たすために、何度も女に乱暴してるくせに」

今度は左足を、樋口の顔に飛ばした。鼻がつぶれたようになって、血が噴き出してきた。まったく気の毒だとは思わない。

「だから、違うんだよ、先生。俺は誘われただけなんだ」

「だれにだ？」

「白石に決まってるじゃねえか。中学のときから、俺たち三人はいつも一緒だった。白石のおやじにはいろいろ世話になってるからな。あいつが言いだしたら、俺も牧野も従うしかねえんだ」

嘘を言っているようには見えなかった。だが、主犯でないからといって、許すわけにはいかない。茜は死んでいるのだ。

「具体的に話してみろ。なんで白石は茜さんを襲うことにしたんだ？」

「白石があの女に、駅で声をかけたんだ。お茶を飲まないかって」

「ちょっと待て。茜さんをレイプしたころ、おまえら、まだ中学生だったよな」

「中学生だってナンパぐれえするさ。実際、それでうまくいったこともあったんだ」

「うまくいったっていうのは？」

「だから、白石がやらせてもらって、それから俺たちも……」

喋っている樋口に、俺は唾を吐きかけてやりたくなった。

こいつらもこいつらだが、やらせる女も女だ。中学生のガキ相手に、セックスまでさせてしまうなんて……。

「茜さんはどうだったんだ？」

「断られたよ」

「だからレイプしたのか。馬鹿か、おまえらは。断るほうが普通だろうが」

「あの女はちょっと特別だったんだ。怒らせたんだよ、白石を」

「怒らせた？」

「俺は現場にいなかったから、白石に聞いただけだけど、馬鹿にしたように言ったんだそうだ。子供が何言ってるの、ママのおっぱいでも吸ってなさい、って」

大人の女性が中学生あたりに声をかけられたら、ごく普通の対応だろう、と俺は思った。それが原因でレイプまでされたのでは、たまったものではない。

「ほんとにふざけたやつらだな、てめえら。誘いを断られて頭に来たから、寄ってたかって犯したってわけか」

「いや、違う。やったのは順番で、一人一人別々だ。しかも、ちゃんと時間を置いてな。先生は知らねえだろうけど、レイプは訴えられない限り、罪にはならねえんだ。だけど、二人以上でやった場合は……」

「そのぐらい俺だって知ってる。刑法百八十条だったそうだな。だが、もう法律が変わってる。おまえら、そんなことまで考えてレイプをやってたのか」

「お、俺はただ白石に言われてやってただけだよ。レイプされた女が、訴えたりするわけがねえ、っていうのがあいつの口癖だった。だけど、みんなでやると告訴されなくても警察が動くんだ。白石はそれを気にしてた」

「いまは一人でやっても捜査はするんだよ」

白石の顔が、脳裏に浮かんできた。きのうは顎に一発決めてやったが、もっと痛めつけておけばよかった、と後悔の念が湧いてくる。

「てめえら、よくこれまで、つかまらなかったものだな。レイプなんて、一番卑劣なことを何度もやっておきながら」

「だから、俺は誘われただけなんだって。しかも、白石が言いだしたくせに、俺はいつも一番手だったんだ」

「一番手？」

「最初は女も抵抗するから、損な役まわりなんだ。冗談じゃねえよ、まったく。茜って女は、俺の手に噛みついたんだぜ。俺はやりたくてやったわけでもないのに」

樋口の顔に、また俺の蹴りが炸裂した。さらに鼻血が噴き出してくる。

「おまえがまず犯して、相手があきらめて抵抗しなくなったところで、あとの二人がレイプしたってわけか」

「あ、ああ、そうだよ。ちゃんと正直に話したんだ。もう帰らせてくれ」

「馬鹿言ってるんじゃない。肝心なことをまだ話してないじゃないか」

俺は樋口を睨みつけた。

ハッとしたように、樋口がうなずく。

「お、奥さんのことか」

「そうだよ。弓子のときも、おまえが一番手だったのか」

「ああ。苦労したよ。白石からは、三年の坂本の話を出せば、簡単にやらせてくれるはずだって聞いてたのに、なかなかそうはいかなくて」

「当たり前だ。おまえらに抱かれる理由なんて、何もないからな」

「だけど、ずるいじゃねえか。三年生にやらせて、俺たちにやらせねえっていうのは」

「まだそんなことを言ってるのか」

俺は唾どころか、反吐（へど）を吐きかけてやりたいくらいの気分になった。

だが、樋口はまだ核心に触れていない。弓子を殺したのがいったいだれなのか、それを聞き出さなくては意味がないのだ。

「はっきり言え、樋口。三人で済ませたあと、みんなで殺したのか」

「な、何言ってるんだよ、先生。警察でも話したけど、俺たちはやってねえよ。あんたの奥さんにはセックスをさせてもらっただけだ」

「おまえ、最後まで見てたのか。三人が全部、終わるまで」

「いや。自分の番が済んだら、すぐに帰ったよ。次が牧野、最後は白石だ」

「だったら話は簡単だ。弓子を殺したのは白石ってことになる。違うか？」

「俺に聞かれてもな。白石も、殺してはいねえって言ってたし」

この話も、嘘には聞こえなかった。

何かを思い出したように、樋口が口を開く。

「もしかしたら、殺したのは倉本かもしれねえぞ」

「倉本？」

「あいつ、俺たちがやることを知ってたんだ」

「おまえたちが弓子をレイプする、ってことをか」

「レイプだとは思わねえけど、まあ、そういうことだ。白石がやったあと、倉本は確かめに来たのかもしれない。もしかしたら、あいつもあんたの奥さんとやってから……」

それはないな、と俺は思った。倉本健一はチンピラ三人をボディーガードのように従えてはいるが、実際はかなりの小心者だ。

そのうえ、健一は極度の潔癖症らしい。ちょっと見にはわからないが、彼はいつも薄手の手袋をはめている。レイプなど、おそらく最も不潔な行為だと思っているに違いない。だいいち、健一だけは、塾に行っていたことでアリバイが成立しているのだ。

そうなると、やはり犯人は白石ってことになるんだろうか？

俺はしばらく思考に沈んだ。

まったく唐突に、樋口がにやりと笑った。鼻血に汚れた顔だが、凶悪そうな視線が復活している。

「おい、何を笑ってるんだ、おまえ」

「いや、べつに。先生のことが、ちょっと気の毒になっただけさ」

「気の毒？」

「どんな理由があったか知らねえが、あんたの奥さんは三年の坂本と寝たんだぜ。つまり、あんたはかみさんを寝盗られたんだ。こんなみっともねえ話、聞いたこともねえよ」

確かに樋口の言うとおりだった。言われた俺も、べつに腹は立たなかった。あの噂が立ったせいで、弓子とは別れることになったのだ。

「さあ、いい加減、俺は帰るぜ。きょう先生がやったことは、みんなには言わねえでおいてやるよ。肘の骨が折れてるかもしれねえから、その分の医者代くらいは請求させてもらうかもしれねえけどな」

いきなり落ち着きを取り戻した樋口の態度に、俺はかちんと来た。ここへ樋口を連れ込んだのは、彼に死の恐怖を味わわせてやるためだったのだ。ビデオは撮れているだろうが、こんな場面を見せただけで、大滝が納得してくれるとは思えない。

すました顔で出ていこうとする樋口を、俺は襟首をつかんで引き戻した。今度は足払いをかけて、また床にころがす。

「な、何すんだよ、先生。俺はちゃんと正直に話したじゃねえか」

「勘違いするな。白状すれば命だけは助けてやるかもしれない、って言っただけだ。かもだぞ、かも。まだ決めたわけじゃない」

力ではかなわないと悟っているらしく、樋口は顔を引きつらせた。

「じゃあ、ど、どうすればいいんだよ」

「さあな。まずは茜さんの気持ちを味わってもらうか」

「なんだよ、それ」

「彼女は自殺したんだ。おまえたちにレイプされたせいでな」

「ちょ、ちょっと待てよ。自殺の原因なんか、他人にわかるわけねえだろうが。ほかにも理由があったかもしれねえじゃねえか」

また腹が立ってきて、俺は樋口の襟首をつかんだ。腹部にパンチを送り込む。

うっとうめいて、樋口は口から何かを吐き出した。そのまま床にうずくまる。

「茜さんはな、結婚が決まってたんだ。おまえたちにレイプされて、愛する人に申しわけないと思ったんだろうな。ほかに理由なんかないんだよ、樋口。おまえらのせいで、茜さんは死んだんだ」

「だ、だからって、なんで俺があんたにこんなことされなくちゃならねえんだ？」

「警察は何もしてくれないからな。俺が処刑するしかないだろう」

「処刑、処刑って、あんた、何様のつもりだ？　あんたに、こんなことをする権利はねえだろうが」

「今度は権利と来たか。上等だ」

しゃがみ込んだ樋口の前に、俺は仁王立ちになった。

「教えてやろう。茜さんはな、俺の知り合いの娘さんなんだ？」

「知り合い？」

正確には知り合いの兄だが、そんなことはどうでもいい。

「彼女が死んで以来、茜さんの婚約者は、ずっとおまえたちを追いかけてるそうだ。殺してやるつもりでな」

「こ、殺す？」

「そりゃあ殺したくもなるさ。一緒に幸せになるつもりだった相手を、おまえらに殺されたんだからな」

「お、俺たちが殺したわけじゃねえだろうが」

「うるさい」

俺の足先が、樋口の腹に食い込んだ。

苦しそうな顔を見せたが、俺は少しもかわいそうだとは思わなかった。まだまだ死の苦しみを味わっているとは言い難い。

「おまえら、ほんとうに好き勝手に生きてきたよな。思いどおりにならないことなんて、何もないと思ってるんだろう。犯された女性の気持ち、想像できるか？　好きでもない男に体をもてあそばれて、どんな気分になると思う？」

「そんなこと、あんたにだってわからねえだろうが。中には俺たちにやられながら、ちゃんと感じちまった女だっていたんだぜ」

樋口がまたにやりと笑ったように見えて、俺はむっとした。右の足先で樋口の顔を蹴飛ばし、床に這いつくばわせた。頭に足を載せ、ぐいぐい押してやる。

「や、やめろ。あんたがやってること、犯罪じゃねえのか」

「ああ、間違いなく犯罪だ。でも、だれも見ちゃいない。やっぱり決めた。俺はおまえを殺すよ」

樋口の顔色が変わるのが、俺にもはっきりとわかった。実際、こうやって暴力を振るわれてみて、俺が冗談でやっているのでないことだけは理解したのだろう。

「そうだ、もう一つ、聞いておかなくちゃいけないことがあった。きのう、俺を襲った目的はなんだ？　少し痛めつければ、俺がおとなしくなるとでも思ったのか」

「あれは警告だ」

「警告？」

襲ってきたことを、樋口はもう否定しなかった。それだけ必死なのだろう。

「女だよ。あんたが牧野の女に手を出そうとしたから」

「牧野の女？」

聞き捨てならない言葉だった。俺には、女に手を出した覚えなどまったくなかった。強いて言うなら、有紀ということになるのだろうか。

「どういうことだ、樋口。説明しろ」

「なんだ、知らなかったのか？　野島有紀は、一年のときから牧野の女なんだ」

「一年のときからだと?」

「ああ、そうだよ。それなのに、あんたが手を出そうとするから」

「有紀が牧野と付き合ってたって言うのか」

「俺は知らねえよ。牧野がそう言ってるんだから、たぶんそうなんだろう。間違いなく、やってるとは思うぜ」

俺の頭に、カッと血がのぼった。まさかとは思った。有紀自身、まだセックスの経験はないと言っていたのだ。

だが、あり得ない話ではなかった。有紀はとにかく美しい女の子なのだ。牧野が目をつけたとしても不思議はない。

「もっと詳しく話せ。牧野と有紀はどこまでの関係なんだ?」

「だから、詳しくは知らねえよ。だけど、入学したときから牧野は言ってたんだ。いずれ野島有紀をものにするって。一年の終わりごろ、俺と白石が聞いたら、自慢げに言いやがったんだ。思ったとおり、有紀はいい体をしてたって」

「ふざけるな」

あり得ないことではないと思いながらも、やはり俺には信じられなかった。

その思いが怒りとなって、また足が動いた。起きあがろうとしていた樋口の顎を、完璧な形で蹴りあげた。

樋口はのけぞり、あお向けに倒れるのと同時に、後頭部を壁に打ちつけた。小さくうめいたあと、動かなくなる。

そんな光景を、しばらくぼんやり眺めていたが、俺はハッとなって床にひざまずいた。制服の襟をつかみ、樋口の体を揺(ゆ)する。

「おい、樋口。どうした？　おい、樋口」

返事はなかった。樋口は白目を剝いている。

殺したのか？　俺は樋口を殺してしまったのか……。

俺は呆然となった。

第五章　新たな殺人

1

翌朝、俺は極度の二日酔いで目を覚ました。ひどい吐き気がし、頭ががんがんする。そんな中でも、すぐに昨夜のことを思い出した。

俺は樋口を殺したんだ。この俺が、まさか殺人者になってしまうとは……。

ご隠居のために、樋口に死の恐怖を味わわせる。その目的で、俺は樋口を地下のダンス室に連れ込んだ。ビデオ撮影もしたし、一応の目的は達せられたはずだった。

だが、最後の最後で誤算が待ち受けていた。有紀が牧野と付き合っていると言われたことに腹を立て、必要以上に強く、俺は樋口を蹴飛ばしてしまったのだ。

壁に後頭部を激しく打ちつけて、樋口は動かなくなった。白目を剝いた姿が、くっきりとした映像で脳裏によみがえってくる。

自首するしかないだろうな。隠し通せるはずがない……。

気分の悪さをこらえ、俺は立ちあがった。

そのとたん、不思議なことに気づいた。普段はパジャマを着て寝るのだが、いまはトランクスと下着のシャツしか身につけていないのだ。そういえば、昨夜の記憶がすっぽり抜け落ちている。樋口が呼吸をしていないことに気づいたあと、自首するしかないだろうと思いながらも、俺は考えがまとまらず、とにかく家を出た。

ふらふらと歩きまわり、かなりの時間が経過したあと、歌舞伎町のショットバー『ラーク』に入ったことは覚えている。いつものソーダ割りではなく、ラム酒をロックで何杯も飲んだ。

「先生、そのぐらいにしておいたほうがいいんじゃないかな」

マスターの山木が忠告してくれたが、かまわずに俺は飲み続けた。だが、頭に残っているのはそこまでだった。どうやって家に戻ったのかも覚えていない。

帰巣本能ってやつか？

苦笑しながら冷蔵庫を開け、ミネラルウォーターを取り出した。蓋を開けて飲みながら、気を失った樋口の顔に、水をぶっかけたことを思い出す。

一本をあっという間に飲み干し、さらにもう一本の半分ほどを空けてから、俺は一つ深呼吸をした。ゆっくりと、地下への階段をおりていく。

ダンス室の手前で、さすがに緊張を覚えた。この扉の向こうには、樋口の死体が横たわっているのだ。

樋口は口のまわりを切っていたし、鼻血もたっぷり流していた。血まみれの死体と対面することになる。

もう一度、大きく息をついてから、俺はドアを開けた。

瞬間、「えっ?」と声をもらした。部屋は空っぽだった。樋口の死体もなければ、血の流れた痕跡さえ見当たらなかった。あがり口で脱がせたはずの、樋口の靴もない。

どういうことだ?　俺は夢を見ていたのか。まさかそんなはずは……。

ふと気づいて、三脚の上に据えられたビデオカメラを手に取った。きのうの様子は、すべてここに残されている。

俺は愕然とした。記録用に入れておいたSDカードが、なくなっていたのだ。自分で抜いた覚えはない。

いったいだれがこんなことを……。

首をかしげているうちに、階上でチャイムの鳴る音がした。マンションの玄関に、だれかが訪ねてきたらしい。

時刻はまだ八時前だ。通常、来客のある時間ではない。

俺は階段をのぼり、インターホンのモニターに目をやった。あまり見たくない顔が映っていた。

新都心署の刑事、竹村だ。

「はい」

俺が出ると、竹村はぐっとカメラに顔を近づけてきた。

——新都心署の竹村です。うかがいたいことがあります。開けてください。

解錠ボタンを押しながら、俺はため息をついた。

やっぱりバレてたんだ。でも、死体はいったいどこにあるんだ?　もし警察が運んでいったのなら、その時点で俺を逮捕していなくてはおかしい……。

あらためて首をかしげながら、俺はイージーパンツに脚を通した。刑事の竹村に、下着姿で応対するわけにはいかない。

間もなく部屋の玄関でチャイムが鳴った。

俺がドアを開けると、それがルールなのか、竹村はまずバッジを示した。

「会うのは二度目ですから、挨拶は抜きにします。実はまた殺人事件が起きまして、どうしてもあなたにお話をおうかがいしなければならなくなりましてね」

粘着質な部分を感じさせる、独特の口調で竹村が言った。

彼の背後には、桐ヶ谷が立っていた。なんだかすまなそうに、俺に頭をさげる。

きょうはこっちが悪いんだ。逮捕も仕方がない。つかまる前に、せめてご隠居に、あのビデオを見せてやりたかったな……。

俺がそんなことを考えているうちに、竹村が喋りだした。

「白石貴文、お宅の生徒ですよね」

「白石？　ああ、そうだけど」

この男には、もう敬語を使う気にもなれない。

「午前四時ごろ、遺体が発見されました」

「遺体？　白石の死体、ってことか」

竹村はうなずいた。

俺は混乱した。俺が殺したのは、間違いなく樋口なのだ。白石が殺されたとなると、弓子を殺したと思われる三人のうちの二人が、ほぼ同時に死んだことになる。

「ここではなんですから、署のほうでお話を聞かせてもらえませんか。任意ですので、拒否なさってもかまいませんが」

竹村の口調は、自信たっぷりだった。犯人は俺、と決めてかかっている。

もし樋口の死について問い詰められたのなら、俺はすぐにでも自白するつもりだった。もともと自首しなければならないと覚悟はできていたのだ。

だが、どうも話が釈然としなかった。死んだのは白石なのだという。

「どうしました、狭間さん。拒否なさるんですか」

少しいらいらしたように、竹村が言った。

「いや、行くよ。でも、ちょっと待ってくれ。着替えるから」

「わかりました。まあ、お逃げになるようなことはないでしょうから、われわれは外で待ってます。お早めにお願いしますよ」

竹村はその場を離れ、桐ヶ谷が頭をさげながら扉を閉めた。

三十分後、俺は新都心署の取調室に入れられていた。目の前には竹村が座り、入口付近の椅子に桐ヶ谷が腰をおろしている。また記録係ということらしい。

「最初に申しあげておきますが、白石の件について、われわれはあなたを疑っているわけではありません」

「ほう、そうなのか」

竹村は首肯したが、鋭い視線に変化はなかった。

「実はもう被疑者が浮かんでましてね。別の部屋で事情を聴いてるところなんです」

「だったら、どうして俺を？」

「その被疑者と、あなたが仲良くされていたそうなんで、まずはそれについてお聴きするためです。狭間さん、率直にお聴きします。田所先生は、白石を殺さなければならないほど憎んでいたんでしょうか」

「田所先生？　彼が容疑者なのか」

竹村はまたうなずいた。

「二人が激しく言い争ってるところを、何人もの生徒が目撃している。ほかの先生たちもね。あなたはいかがですか」

「まあ、見たことはあるが……」

一昨日の光景が、俺の脳裏に浮かんできた。自分を退学させようとしたことに腹を立てた白石が、廊下で田所に食ってかかったのだ。

「動機だけで逮捕というわけにはいきませんが、田所先生は素直に取り調べに応じているようです。自白は時間の問題でしょうなあ」

「あんたたち、大丈夫なのか？　誤認逮捕なんてことに、ならないといいけどな」

「ご忠告、ありがとうございます」

このあいだと違って、きょうの竹村は落ち着き払っていた。俺の皮肉にも、まったく動じない。

「で、俺に聴きたいことっていうのは？」

「田所先生については、いまの話で十分です。あなたも、彼が白石と言い争いをしてるところをご覧になってたんですよね」

俺がうなずくと、竹村は納得したのか、かすかに笑った。

「さて、じゃあ本題に入りましょうか」

「本題？」

「奥さんの事件ですよ。決まってるでしょう」

苦笑が込みあげてくるのを、俺はどうすることもできなかった。もし樋口のことを尋ねられたのなら、素直に自白するつもりだった。だが、いま目の前にいるこの男は、まだ俺に妻殺しの疑いをかけているらしいのだ。

「先日は、ごまかされましたからなあ、あなたに」

「ごまかした？　俺が何をごまかしたって言うんだ？」

ここまで来ると、殺人を犯した身ではあるものの、俺もだんだん腹が立ってきた。背筋を伸ばし、対決姿勢を前面に押し出す。

「確かめましたよ、野島有紀に。あなたが言われたとおり、付き合いだしたのは奥さんが亡くなられたあとだそうですね」

「当たり前だ。俺は浮気なんかしてない。だいいち、まだ付き合ってるわけでもない」

「まあ、そういうことにしておきましょうか」

「どういう意味だ、そういうことにしておくっていうのは」

さすがにむかっ腹が立って、俺は机を手のひらで叩いた。

なだめるように両手をあげ、竹村が口もとを歪める。

「私はね、狭間さん、野島有紀の存在が、奥さんの死に関係してると思ってる。この考えは、まったく変わっておらんのですよ」

「わからない男だな。有紀を意識したのは弓子が死んだあとだって、何度、同じことを言わせるんだ」

「ですから、その話はいいんです。証拠は何もありませんから。正式に付き合いだしだのは、奥さんが亡くなったあとでもかまいませんよ。でも、奥さんが亡くなったことで、彼女の存在を表に出せるようになったのは事実でしょう？」

表に出すだと？

胸底で問いかけたが、口には出さなかった。自分で表に出したつもりはないが、少なくとも、俺が有紀に好意を持っていることを、樋口たち三人は知っていたのだ。学校関係者にも、かなり知れ渡っていると考えたほうがいい。

それにしても、竹村の自信たっぷりな様子が、俺は気になった。あらためて真正面から彼と向かい合う。

「はっきり言えよ。俺が弓子を殺したっていう証拠でも見つかったのか」

「あわてないでください。順番に説明しますから」

竹村は一つ、咳払いをした。目がさらに鋭くなる。

「事件当日のことを思い出してください。あなた、学校を五時半に出られてますよね」

「さあ、どうだったかな」

うちの学園では、教師の終業時刻は、一応、五時ということになっている。その時間をすぎれば、部活の面倒を見ているか、特別な会議でもない限り、帰ってもまったく差し支えない。もっとも、タイムカードがあるわけではないので、早めに帰宅してしまう教師もいないわけではない。

あの日は、職員室近くの廊下で弓子をつかまえて、ほんの五分ほど話をした。あれがたぶん五時少しすぎだろう。そのあといったん数学教官室に戻ったから、学校を出たのは確かに五時半くらいだったかもしれない。

「防犯カメラの映像が残ってるんです。これは間違いありません」

そういえば、学校の駐車場の出入口には防犯カメラが設置されていた。

竹村はさらに続ける。

「奥さんの死亡推定時刻は七時前後だ。当然、被疑者のアリバイは、その時刻を中心に調べられる。結果として、あなたが犯人と指摘した四人の生徒のうち、倉本くんのアリバイは証明されたわけです」

「ほかの三人は弓子とセックスをしたことまで認めてるんだし、アリバイは成立しなかったんだろう？　ちゃんと調べれば、だれが殺したかわかるんじゃないのか」

俺の結論としては、実行犯は白石、ということになっている。三人のうち、最後に弓子を抱いたのが白石であることがわかったからだ。

だが、ここでその話をするのはためらわれた。なにしろ、これは殺した樋口の口から聞き出した情報なのだ。最終的には自首するつもりだが、いまはまだその時期ではない。弓子の事件が完全に解決してからでも遅くはないだろう。

わざとらしく、竹村はため息をついた。

「先ほども申しあげたとおり、私はあなたを疑ってる。無駄ですよ、やつらのせいにしようと思っても。しかも、白石は殺されてるんですからね。死人に口なしです」

言葉の使い方が正しいのかどうか、俺はちょっと首をかしげたが、とりあえずどうでもいいことだった。竹村が自信たっぷりにしている理由が、いまは一番気になる。

「聞かせてもらおうか。俺を疑うに足る理由があるのか」

「もちろん、あります。アリバイですよ。先生にはアリバイがない」

「おいおい、さっきあんたが言ったじゃないか。俺は五時半に学校を出てるって」

「いったん、という意味です。あなたのマンションの管理会社から、駐車場へおりていくところにある防犯カメラのビデオ映像も提出してもらいました。狭間さん、あの日はお帰りが八時をすぎてましたよね」

それは覚えている。八時二十分ごろだったはずだ。

「学校を五時半に出て、家に着いたのが八時すぎ。これはどう説明されるんですか。車なら、十分もかからんでしょう」

　なんだ、そんなことを根拠に疑っていたのか、と俺は呆れた。

「いい加減にしとけよ。その程度のことで」

「まずは状況証拠ですよ、狭間さん。野島有紀って女の子が好きになったことで、あなたは奥さんが邪魔になった。つまり、動機はあるわけです。この二時間半をあなたがどのようにすごされのか、ちゃんと説明していただかないと」

「アホか、おまえは」

　あらためて、俺は机を両手で叩いた。

「俺なんかに関わってるから、なかなか真犯人にたどり着けないんじゃないか」

「開き直られても困りますよ、狭間さん。私はこう考えてる。あなたは奥さんが生徒たちに抱かれる約束をしたことを、事前に知ってらっしゃったんじゃありませんか？　だからいったん学校を出るふりをして、どこかに車を置いて戻ってきた」

　これまでだれからも、俺は当日のアリバイを尋ねられることはなかった。べつに隠すつもりもない。聴かれなかったから答えなかった。ただそれだけの話だ。

「さすがに頭に来たんじゃありませんか。なにしろ目の前で、奥さんが生徒に抱かれてるわけですから……」

「風俗だよ」

　いい気になって喋っている竹村の言葉をさえぎって、俺はぽつりと言った。

わけがわからなかったようで、竹村はきょとんとしている。

「いいか、おっさん。俺は二十九歳だ。例の噂が流れて、弓子は家を出ていった。当然、たまには女が欲しくなる」

「女？」

「ああ、女だ。あんたが考えてるように、生徒と付き合ってたわけじゃないからな。そっちの面倒を見てくれる女が必要になるわけだ」

竹村の顔が、やや紅潮してきた。何か言いたそうな顔をしているが、なかなか言葉が出てこない。

俺は続けた。

「教師がそんなことをすべきじゃない、なんて建前論を言わないでくれよ。俺だって男なんだからな。あの日は学校を出たあと、池袋にある風俗店へ行ったんだ。店の名前も、指名した女の子もちゃんと覚えてる。書くもの、あるか」

状況判断ができずにあたふたしている竹村ではなく、桐ヶ谷がボールペンとノートを差し出してきた。

俺は受け取り、さらさらとボールペンを走らせた。書き終えたものを、竹村のほうへぐいっと差し出す。

「指名したのはまだ二度目だが、たぶん思い出してくれるだろう。六時前に入って、出てきたのは七時少し前だ。そこにも書いたが、そのあと駅の東口にあるラーメン屋で晩飯を食った。ラーメンと餃子のセットだ。そっちは常連みたいなものだから、たぶん俺のことを覚えていてくれるはずだ」

しばらくじっと俺の書いた文字を見つめていた竹村が、急に立ちあがった。

「確かめさせてもらいます。このまま待っててください。いいですね」

やや威圧的な口調で言い、竹村は部屋を出ていった。

苦笑いしながら、桐ヶ谷が立ちあがる。

「すみませんね、先生。一度ならず、二度までも」

「べつにかまわないよ。これも捜査の一環なんだろうからな」

竹村に対しては、さすがに嫌悪感があったが、今回はそれほど怒りは感じなかった。

なにしろ、まだ自首する段階ではないと思ってはいるものの、俺は樋口を殺しているのだから。

「お手数をおかけしました。お帰りになってけっこうですよ」

桐ヶ谷の言葉に、俺は驚いた。

「いいのか？　あのおっさん、ここで待ってろって言ってたじゃないか」

「かまいませんよ。先生が、すぐバレるような嘘をつくはずがありませんしね。時間の無駄です。

こんなに朝早くから、申しわけありませんでした。お宅までお送りしますよ」

俺は腕時計を見た。九時近くなっていた。すでに授業は始まっている。

「このまま学校へ行くよ。無断欠勤になっちまうからな」

「だったら、学校までお送りしますよ」

「いや、いいよ。ほんの十分の距離だ」

「送らせてくださいよ、先生。竹村が何度もご迷惑をおかけしてるんですから」

俺は内心で苦笑した。樋口の件が露見すれば、今度はほんとうに容疑者として取り調べを受けることになるのだ。またここで竹村と向かい合うことになるのかと思うと、あまりいい気持ちはしない。

まあ、自首するのはもう少しあとでもいいな……。

あらためてそう判断し、俺は桐ヶ谷の厚意に甘えることにした。

2

桐ヶ谷に送ってもらって学校までやってくると、職員室は大混乱に陥っていた。生徒の白石が死に、教師の田所が被疑者として取り調べを受けているのだ。当然、授業になどなるわけがない。生徒たちは、二時限目まで自習するように、と言い渡されているようだった。

俺はすぐ校長室に呼ばれた。予想していなかったわけではないが、そこには校長とともに理事長の倉本が待ち受けていた。

「きみは知っていたのかね？　殺さなければならないほど、田所先生が白石くんと揉めていたことを」

ソファーに腰をおろした倉本は、俺に座れとも言わずに話しだした。

倉本の向かいの席に、俺は勝手に腰を沈めた。校長の酒井は、窓際の机の前に座ったままだ。

「何かの間違いですよ、理事長。田所先生が、そんなことをするわけがない」

「しかしだね、たくさんの教師や生徒が目撃しとるんだよ。田所先生と白石くんが言い争ってるところを」

「言い合いぐらい、俺と理事長だってしてるじゃないですか。となると、いま俺が死んだら、理事長が疑われることになりますね」

「屁理屈を言ってる場合か」

拳でどんと、倉本はテーブルを叩いた。

それにタイミングを合わせたかのように、酒井が立ちあがった。渋い表情を浮かべたまま歩いてきて、倉本の隣に座る。

「困るんだよ、狭間くん。きみも今朝、警察に呼ばれたそうじゃないか」

「前回と同じく、見当違いの捜査ですよ。弓子の件で、まだ俺を疑ってるらしい」

「疑われるところがあるから呼ばれたんじゃないのかね？」

ちらちらと倉本に目をやりながら、酒井が言った。

俺は苦笑した。まだ二日酔いの状態は続いていて、いまにも吐きそうなくらいなのだが、この二人を前にしていると、ますます具合が悪くなる。

俺の沈黙を、後ろめたさの証明だとでも思ったのか、また倉本が口を開く。

「そういえば狭間先生、当日のアリバイがはっきりしないそうじゃないか。となると、疑われても仕方がないんじゃないのかな」

「さすがは元警察官ですね、理事長。もう情報が入ってるんですか」

「私が警察官だったなんてことは関係ない。教師が同時に二人も取り調べを受けてるんだぞ。警察だって、きちんと学校関係者には連絡してくるさ」

竹村の顔が、俺の脳裏に浮かんだ。アリバイの確認をしているはずだが、風俗店経営者やそこで働いている女の子にとって、いまはまだ真夜中と言ってもいい時刻だ。なかなかつかまらずに、苦労しているに違いない。

「で、どうなんだね、狭間先生。きみ、まさかほんとうに奥さんを……」

「アリバイなら、ちゃんとありますよ」

「えっ、そうなのか？」

倉本は、ほんとうに驚いたようだった。さすがに俺が弓子を殺したと信じているわけではないだろうが、繰り返し取り調べを受けたことに疲労感を覚えて、俺が辞職することでも期待していたのかもしれない。

「詳しくは理事長の忠実なる部下、竹村巡査部長にお聴きになってください」

「忠実なる部下だと？　何を言っとるんだ、きみは」

「わかってますよ、理事長。彼の再就職の面倒、見てあげるおつもりなんでしょう？」

「そんなことは、きみには関係ないだろう」

「おっしゃるとおり、俺には関係ない。しかしね、無駄な捜査はやめるように言っていただけませんか。弓子を殺した犯人は、あの三人以外には考えられないんだ。白石が死んだわけだから、残りは二人。早くつかまえないと、どうなるかわかりませんよ」

実際には樋口も俺が殺してしまったわけだから、事件の真相を知っている可能性のある人間は、もう牧野一人しか残っていないことになる。

「どういう意味かね？　どうなるかわからないっていうのは」

「犯人が田所先生だとは思いませんけど、白石が殺されたことは、たぶん弓子殺しにも関係がありますよ。そうなると、残っている牧野や樋口だって危ないんじゃありませんか」

俺は苦笑を噛み殺していた。自首を先延ばしにした以上、当然、これから牧野にも樋口と同じことをしてやろうと思っている。ご隠居の意に沿うように、彼にも死の恐怖を味わわせてやるつもりだ。

しかも、牧野は有紀と付き合っているかもしれないのだ。話の展開によっては、はずみでまた俺が彼を殺してしまう可能性だってないとは言えない。

「心配はいらんよ、狭間先生。生徒たちの安全は、警察が確保してくれる。それより、きみはどうするんだ？　実際にやったかどうかは別にして、二度も警察の取り調べを受けたんだ。教師として不適切だとは、思わんのかね？」

「またその話ですか。俺はクビにするんじゃなかったんですか、理事長」

「いや、だから、きみのためを思って言ってるんじゃないか」

倉本はややあたふたした。頬がわずかに紅潮してくる。

「酒井くんから聞いたと思うが、懲戒免職では退職金も出んのだよ。さらっと辞表を書いてくれれば一般退職として扱うし、きちんと金も払う」

「ご心配には及びませんよ、理事長。校長にはお話ししましたが、俺は俺で、最後までしっかり戦いますから」

「戦うって、そんな戦争みたいなことを」

「もうよろしいですね」

まだ何か言いたそうな二人を残し、俺は席を立った。頭をさげて廊下に出る。

とたんに、駆け寄ってくる者があった。

有紀だった。目にいっぱい涙を溜めている。

「先生、大丈夫？」

「ああ、俺は平気だ。それより、おまえ、自習中だろう」

「落ち着いて勉強なんかしてられるわけないじゃない。先生のこと、ずっと心配してたんだから。警察に呼ばれてたんでしょう？」

「知ってたのか」

「学校に来たら、みんなが話してたから。先生と田所先生が取り調べを受けてるって」

「べつに取り調べってわけじゃないけどな」

少し考え、俺は有紀を屋上に誘った。有紀は相変わらず制服のスカートをミニにしてはいていた。白いふとももが剝き出しだが、さすがにいまは欲望を感じない。

並んで階段をのぼりながら、俺は考えた。牧野とのことを問い詰めて、もし実際に有紀が牧野と付き合っているとわかったら、自分はどうするだろうか、と。

だが、それ以前の問題がある。俺は樋口を殺してしまったのだ。いずれ自首するわけだし、死刑ということはないだろうが、懲役刑になるのは間違いない。

刑務所に入ったら、どうせ有紀と付き合うことなんかできないんだ。いまのうちに別れたほうがいいのかもしれない。だけど、有紀が牧野と付き合うっていうのはなあ……。

もやもやした気分のまま、屋上に着いた。当然ながら、だれもいない。

突然、有紀が抱きついてきた。

唇を押しつけようとする有紀を、俺はいったん押し返した。

「ちょっと待て、野島。話がある」

野島と呼ばれたことが、有紀は不満のようだった。口をとがらせて、俺を見る。

どうすればいいんだ？　樋口のこと、打ち明けてしまうべきだろうか……。

少し悩んだが、まだ早い、という結論に達した。弓子を殺した犯人がはっきりするまで、俺は自首するつもりはないのだ。いま自分が殺人者であることを知らせて、有紀にショックを与える必要はない。

「おまえ、もしかして牧野と……」

俺が言うと、有紀の顔がみるみるうちに紅潮してきた。

ああ、やっぱり、と俺は思った。牧野の名前を出しただけで、これだけの反応があったのだ。

二人が付き合っているという樋口の言葉が、いっぺんに現実味を帯びてくる。

だが、そうではなかった。唇を噛みしめたあと、有紀が口を開く。

「先生、だれに聞いたの？」

「樋口から、ちょっとな」

「でたらめよ。あの三人が言いふらしたらしくて、あっという間に広まっちゃったけど、まったくのでたらめ」

「そうなのか」

うなずいた有紀が、あらためて俺の腰に両手をまわしてくる。

「F組のあの人たち、ひどいのよ。B組の赤坂さん、知ってるでしょう？」

「髪の長い子だよな」

赤坂智代は積極的で、目立つ女の子だ。有紀と同じく文系だが、数学もよくできる。

「彼女、白石くんと付き合ってるって噂を立てられたの」

「白石と？」

「当然、本人に抗議するわよね。でも、白石くん、なんて言ったと思う？　試してもいないうちに文句を言うな、って言って、赤坂さんのこと……」

有紀がまた唇を噛みしめた。

ここまで聞けば、俺にも想像はついた。智代は犯されてしまったのだろう。

「悔しかっただろうな、赤坂」

「うん。でも、強がってた。最後に白石くんに、へたくそ、って言ってやったんだって。偉そうなこと言うのなら、もう少しうまくなってから誘え、って。初めてってわけじゃなかったし、べつに訴えたりするつもりはないそうよ」

あの子なら言いそうだな、と俺は納得した。白石のほうは、プライドをつぶされたことになるのかもしれない。

だが、その白石は死んだのだ。田所のことが、急に心配になる。

有紀も、白石の死について思い出したようだった。

「きょうね、赤坂さんも呼ばれたんだよ、警察に」

「彼女が？」

「そうなの。付き合ってたわけじゃないけど、彼女が白石くんと揉めてたこと、みんな知ってたから」

みんなが知っていることを、教師の俺が知らなかったとはな……。

俺は忸怩（じくじ）たる思いに包まれた。生徒たちのことを常に第一に考えてきたつもりだったが、実際にはほとんど何も理解できていなかったのかもしれない。

有紀の手に力がこもった。俺の腰を、ぎゅっと抱きしめてくる。

「先生、抱いて。やっぱり私を抱いて」

「駄目だよ、有紀。約束したじゃないか。付き合うのは卒業してからだって」

言っていて、俺は虚しくなった。有紀が卒業するころ、俺は間違いなく刑務所の中にいるのだ。

当然、その前に有紀とは別れていなくてはならない。

「変な噂を立てられたし、確かに牧野くんには言い寄られたよ。でも、私、はっきり言ってやったんだ。私は狭間先生が好きだから、ほかの男に興味はないって」

そのことに腹を立て、彼らは三人で俺を襲ったのだろうか。あまりにも短絡的な行動に、俺は怒るよりもむしろ呆れた。そんな彼らにレイプされ、殺されなければならなかった弓子が、あらためて哀れに思える。

有紀は俺の首筋に唇を押し当ててきた。下半身は、すでに密着状態だ。

心ならずも、俺は欲情してしまった。有紀を抱きたい、と本気で思った。しかしもちろん、そんなことができるはずもない。

俺は不思議なことに気づいた。二日酔いの吐き気が、いつの間にかすっかり消えていたのだ。有紀のおかげ、ということになる。

きょうの有紀は、なかなか執拗だった。俺の下腹部の昂(たかぶ)りを感じているはずなのだが、ぐいぐい体を押しつけてくる。

「怖いのよ、先生。前にも言ったけど、私、怖いの。先生のことは信じてるけど、先生が遠慮して私に手を出さないでいるうちに、だれかすてきな女の人が先生を自分のものにしちゃうんじゃないかって」

「大丈夫だよ、有紀。そんなこと、絶対にない」

俺は自信を持って言いきった。教え子と付き合うことはできないとわかっていても、いまは有紀以外の女性のことなど考えることもできなかった。風俗へ行って欲望を満たそうなどという気もまったくない。

だが、俺はいずれ刑務所に入るのだ。こうやって有紀に会うことも、ほんとうはもうやめなければいけないのだろう。

とはいえ、いま別れを告げる気にはなれなかった。有紀がいてくれるからこそ、俺はなんとか生きていられるのだ。

「好きだよ、有紀。俺はおまえが好きだ」

「うれしい。私もよ。私も先生が大好き」

俺たちは唇を合わせた。長い長いくちづけになる。

こんなに好きなのに、別れなくちゃいけないのか……。

幸福感の裏側で、俺は同時に計り知れない虚しさを味わっていた。

3

「いやあ、びっくりだな。狭間先生が、あんなに強いとは思わなかったよ」

数学教官室に入ると、いきなり北野が声をかけてきた。

俺はぎくりとした。

「どういうことですか、北野先生」

「べつに隠さなくてもいいじゃないか。ぼくは狭間先生の味方なんだからさ」

意味ありげに、北野はにやりと笑った。

強いと言っている以上、俺がだれかとやり合っているところを見たのだろう。

可能性としては二つ。目出し帽をかぶった三人に襲われたときか、あるいは樋口の腹を殴り、車に連れ込んだときのどちらかだ。

「もしかして、見られてたんですか」

「心配はいらないよ、狭間先生。だれにも言うつもりはないから」

またにやりとし、ほかの教師に聞かれないようにという配慮なのか、北野は俺の耳もとに口を近づけてきた。

「すごかったね。樋口、腹に一発でノックアウトだったもんなあ」

「きのうの話ですか」

「ああ、そうだよ。そりゃあ復讐したくもなるよね。弓子先生を殺した三人が、平気な顔をして学校へ来てるんだから」

それは事実だが、北野の言い方が気になった。なんとなく、おまえの弱みを握ったぞ、と言っているようにも聞こえるのだ。

「もしかして、田所先生と共同戦線ってことなのかな？」

「共同戦線？」

「田所先生も、やつらにはずっと手を焼いてたからね。田所先生が白石、狭間先生が樋口、そういう担当だったんじゃないの？」

北野の言いたいことはわかった。二人で協力して、生徒たちに復讐を果たしたと考えているらしい。

「北野先生、ほんとうに田所先生が白石を殺したと思ってるんですか」

「違うのかい？」

「さあ、どうですかね。確かにあいつらはとんでもない悪ですけど、殺したりはしないんじゃないかな」

自分では樋口を殺しておきながら、よく言うぜ、と思いながら、俺はそんな言葉を口にしていた。

北野はまた顔を歪めて笑う。

「できればぼくも仲間に入りたかったな。ぼくは理事長の改革に賛成だし、二人とは立場が違うけど、F組の問題点については、それなりに考えてきたからね」

「べつに俺と田所先生が組んで、何かしてるわけじゃありませんよ」

「でも、きょう樋口は休んでるよね。きのう先生が車に連れ込んだことと、何か関係があるんじゃないの？」

俺は、だんだんうっとうしくなってきた。教師としては優秀でも、性格的に北野のことは好きになれないのだ。

「俺が怪しいと思うのなら、そのとおり、警察に言ってくれてもかまいませんよ」

「またそんなこと言って。ぼくの話をちゃんと聞いてほしいな。ぼくは味方なんだから」

「ありがとうございます。でも、一緒にできることは何もないと思いますよ。それに、俺と付き合ったりしてると、理事長に睨まれるかもしれない。いいんですか、北野先生」

「いや、それはちょっと……」

結局、北野はここまでの男なのだ。

樋口を車に押し込んだところを見られていたのは意外だったが、特に隠し立てをしようとは思わなかった。自首するのは、できれば弓子殺しの犯人がつかまってからにしたいが、それもいまとなってはどちらでもいいような気分になっている。

北野との話はそこで打ち切りになり、三時限目以降、俺は淡々と授業をこなした。

二年F組の授業では、どうしても牧野に目が行った。普段は三人一緒だから、それぞれが挑発的な視線を送ってきたりしたものだったが、きょうの牧野は、さすがに俺から目をそらしていた。

なにしろ、仲間が二人とも死んじまったんだからな。樋口のことはまだ知らないはずだが、こいつも少しは怖くなってるんだろう。もっともっと怖がらせてやるからな。覚悟しておけよ、牧野……。

樋口を殺してしまったことについては、さすがにやりすぎだったと思ってはいる。それでも、俺はいずれ牧野にも同じくらいのことはするつもりだ。

大滝の姪の茜は自殺しているのだ。殺すことはないにしても、それに近い苦しみを牧野にも味わわせてやらなければならない。

五時になるとすぐに学校を出て、きょうは電車を使って、いったん家に戻った。地下のダンス室に入ってみたが、光景に変化はなかった。樋口の死体がころがっているわけでもないし、ビデオカメラに記録用のＳＤカードが戻っていたりもしない。

カップラーメンで空腹を抑え、六時半になるのを待って家を出た。歌舞伎町のショットバー『ラーク』は七時からなのだ。

ゆっくりと歩き、開店と同時に店に入った。

「ああ、先生。きのうは大丈夫でしたか？　だいぶ酔ってたみたいだけど」

さっそくマスターの山木が声をかけてくれた。

「おかげ様で、なんとか生きてます。やっと二日酔いから抜け出たところです」

「それはよかった」

「でも、俺、記憶がないんですよ、マスター。ここから一人で帰れたんでしょうか」

山木は、ちょっと困ったような表情を浮かべた。ラム酒のソーダ割りを出してくれながら、つぶやくように言う。

「三澤さんが来てましてね」

「ああ、なんとなく覚えてますよ。俺、何か話してましたか」

「さあ、二人でけっこう話し込んでたようですけど、内容までは聞いてません。三澤さんは少し先に帰って、あとから山木会の若い子が来て先生を連れていきました」

「山木会の若い子？」

「子っていっても、二十歳はすぎてるでしょうけどね。三澤さんが連絡して、来させたんでしょう。先生を担いでいった、って言ったほうがいいかな」

三澤にまで迷惑をかけてしまったのか、と俺は恥ずかしくなった。それにしても、ここまで記憶がなくなるほど飲んでしまうとは……。

山木に千円札を差し出したとき、まだ大滝の姿がないことに気づいた。

「マスター、きょう、ご隠居は？」

「さあ、どうしたんでしょうね。口開けから来てることが多いんですけど。ご隠居は携帯を持ってないから、こっちから連絡は取れませんしね」

そういえば大滝とはここで会うだけで、こちらから連絡したことは一度もなかった。麻布十番のほうでやっていた病院を息子に譲ったという話は聞いているが、具体的には住んでいる場所も知らない。

せめてきのうの映像、ご隠居に見せたかったな。ビデオのカード、だれが抜いたんだろう？

まさか三澤さんのところの若い人が、そんなことをするはずがないし……。

俺は樋口を自宅のダンス室に連れ込み、暴力や言葉でかなりの攻撃を試みた。それなりに恐怖を味わわせることができたのではないか、と自負している。

だが、その様子を記録したはずのカードが見当たらないのだ。

俺が三杯目のソーダ割りを飲み始めたころ、扉が開いて三澤が入ってきた。

グラスを置いて立ちあがり、俺は頭をさげた。

「すみません、三澤さん。きのうはご迷惑をおかけしたみたいで」

「いや、気にせんでください。それより、先生にお話があるんです。ご隠居からの伝言もあるし」

「ご隠居から？」

「ちょっと出ませんか」

マスターの山木は、三澤が来ることをまるで予想していたかのようだった。俺のグラスを片づけながら言う。

「お戻りになったら、作り直してさしあげますよ、先生。ごゆっくり」

わけがわからないながらも、俺は三澤に連れられて表に出た。

三澤の車はアウディだ。普段は運転手がついているのだが、きょうは一人のようだった。自分は運転席に乗り込み、俺を助手席に迎え入れる。

ひと呼吸おいてから、三澤が話しだした。

「マスターが電話をくれたんです。先生が見えたら連絡してくれって頼んであったので」

「ああ、そういうことですか」

そういえば山木は、どこかへ電話をかけていた。

うなずく俺に、三澤が語りだす。

「最初に確認させてください、先生。三人の生徒のうちの一人、白石が殺されたようですけど、あれは先生がやったんじゃありませんよね」

「もちろん違います。ちょっと心配はしましたけどね。なにしろ、きのうの記憶がまったくないもんで。でも、下着姿で寝てたし、とても殺しなんかできないでしょう」

「でしょうね。われわれもそうだとは思ったんですけど、一応、確かめておかないといけませんので」

三澤は表情をゆるめた。

田所のことを思い出し、俺は続ける。

「うちの田所って教師が、どうも疑われてるらしいんです。俺なんかより、もっとはっきりした理事長への反対派で、白石たちを退学させようと、ずっと運動してきた人なんで」

「なるほど。でも、殺すほど憎んでたんでしょうかね」

「どうでしょうか。たとえ憎んでいたとしても、殺しまではやらないと思いますけどね。あの人だって、ちゃんとした家庭持ちだし」

そういえば、俺には守る家庭もないんだな……。

俺は自嘲の笑いをもらした。だからといって、殺しをやっていいことにはならない。

三澤が一つ、咳払いをした。あらためて話しだす。

「まず報告しておくと、樋口って生徒は生きてます」

「えっ？」

俺はさすがにびっくりした。樋口は死んだものと、決めてかかっていたからだ。だいいち、三澤の口から樋口の名前が出てきたこと自体が驚きだった。

「簡単に状況を説明しておきますと……」

きのう俺が『ラーク』に来てからのことを、三澤はかいつまんで話してくれた。三澤に対して、俺は最初から「樋口を殺してきた」と白状していたのだという。ちょうどそのころ、大滝も店にやってきて、一緒に話を聞いてくれたらしい。

酔いつぶれた俺のキーホルダーをベルトからはずし、三澤と大滝は俺のマンションに向かった。そこで瀕死の状態の樋口を発見し、大滝の息子がやっている病院の私設救急車を呼んだのだという。樋口はそのまま病院に収容された。

樋口の呼吸が止まっていることを、俺は確認したつもりだったが、どうやらまだ息はあったようだ。

「止血処理をしただけで、外科的な治療は何もしてないそうです。肘を捻挫してたようですが、骨折はありません。出血が多くて、生き残る確率は半分くらいらしいですけどね」

「いまのところ、俺はまだ殺人はやってない、ってわけですか」

「もし先生が逮捕されるとしても、罪状は暴行傷害ってところでしょう。さすがに殺意はなかったんでしょう？」

「ええ、まあ」

ほんとうに殺意がなかったのかどうか、俺にはわからなかった。樋口の口から、牧野が有紀と付き合っていると聞かされ、とにかく逆上してしまったのだ。

「生き残ってくれるといいんですがね、樋口が」

「三澤さんには、ほんとうにご迷惑をおかけしました」

「いや、私はべつに。それより、ご隠居、喜んでましたよ」

「喜んでた？」

「ビデオ、見せてもらったそうです」

「ああ、カード、ご隠居が抜いていったんですか」

三澤はうなずいた。

「先生、ご隠居の手を汚させたくなかったんでしょう？」

「そんな偉そうなもんじゃありません。俺は俺の手で復讐がしたかっただけです。かみさんを犯されて、殺されてるわけですから」

「ご隠居と二人でやることもできたのに、先生はお一人でやってしまった。ご隠居、ちょっと悔しがってましたよ。できれば一緒にやりたかった、って」

大滝の気持ちは、俺にもよく理解できた。だが、年齢が年齢だ。これから刑務所に入るのは、さすがに厳しいだろう。

まだどうなるかはわからないが、樋口が死ななかったと聞いて、俺はさすがにほっとした。しかし、それで罪が消えるわけではない。

日本の法律では、復讐など認められていないのだ。樋口が生き残ったとしても、多少軽い判決にはなるだろうが、俺が有罪になることは間違いない。

「警察には、すぐに行ったほうがいいんでしょうかね」

俺は三澤に尋ねた。

自首するのは、弓子を殺した犯人が確定してからにしたいと思っていたが、樋口が生きていて、三澤や大滝が俺の犯行について知っていることを考えれば、そうそうゆっくりもしていられない。

三澤の表情が、少しだけ硬くなった。

「ご隠居からの伝言っていうのは、実はそのことなんですよ、先生。悪いようにはしないから、先生はいままでどおり、普通に学校へ行っていてほしいんだそうです」

「いやあ、普通にって言われても……」

「樋口のことについては、こっちでもう手は打ちました」

「手を打ったって、どういうことですか」

「私がきょう、あいつの母親に会ってきたんです」

「三澤さんが？」

あまりにも意外な展開に、俺は唖然としてしまった。

「どういう立場で行かれたんですか。まさか山木会の三澤さんとして、ってわけにはいきませんよね」

「学園の理事会から来たって、嘘をつきました。お宅の理事会に一人、こちらの言うことを聞いてくれる人がいるんで、彼の名刺を添えてね」

理事の中に暴力団とつながりがある人間がいるというのは、少しショックだった。もっとも、理事長の倉本も、征東会とそれなりに付き合いがあるらしいのだ。特に驚くべきことではないのかもしれない。

「樋口の母親と会って、どうされたんですか」

「すぐに休学届を出すように指示しました。助かったとしても、どうせしばらくは学校へ行けませんからね、樋口は」

「休学届って、理由はどうするんですか」

「自転車でころんで、けがをしたってことにしておきました。ご隠居の診断書付きです。母親も納得して、すぐに届を出すって言ってくれましたよ」

「三澤さん、なんて話したんですか。実際は俺があいつを瀕死の目に遭わせたってこと、言ったんですか」

「まさか。いろいろ脚色はしたつもりですけど、ほとんど必要ありませんでしたね。あの母親、息子には完全に興味を失ってますから。けがをしたって聞いても、顔色一つ変えないんです。と言うより、早く自分の前から消えてほしいと思ってるみたいでした」

その話は俺も聞いていた。息子の行状の悪さに辟易し、矯正施設へ送ることを考えていたらしいのだ。もう二度と会いたくない、とまで言ったという。

「お母さんには、樋口に殺人の疑いがかかってるって話もしました。これは事実ですからね」

俺はうなずいた。弓子を殺した実行犯は白石だ、と俺は思っている。当然、樋口も共犯ということになる。

「そんなこともあって、当分、姿を隠す必要があるって言ったら、妙に納得してました。だいぶ苦労したんでしょうね、あのお母さん」

「だけど、いつまでも隠れてるわけにはいきませんよね。体が元気になれば、本人だって外へ出たがるだろうし」

「そのへんのことはこちらに任せてほしい、ってご隠居は言ってるんです。もちろん私たちも協力しますし、しばらくそんな感じでどうですか、先生」

「ご隠居がそこまでおっしゃるのなら、俺はかまいませんけど」

「よかった。これで私の役目は終わりだ」

安心したのか、三澤はにっこり笑った。

いつも迫力満点の三澤だが、こんな顔を見ると、家庭ではよき父親なのではないか、などと考えてしまう。

「三澤さん、ご家族は？　あっ、もちろん、言いたくなければ言わなくても……」

「かまいませんよ。危ない商売をしてますけど、家族はちゃんといます。結婚は二度目でしてね、まだ娘が小さいんですよ」

「へえ、娘さんがいらっしゃるんですか」

「三つになって、だんだんこまっしゃくれてきました。でも、私にとっては女王様みたいなものです。もう娘の言いなりですよ。あの子のためなら、なんでもするだろうな。たとえ殺人でも」

ほんとうに娘がかわいいのだろう、三澤は満面に笑みを浮かべながら話してくれた。

俺も、なんだか少しだけ温かい気分になれた。

子供を作っていれば、弓子との関係もまた違ったものになっていたんだろうか？

久しぶりに、亡き妻のことを思い出した。自分にできることは限られているが、弓子のためにも早く犯人を突き止めなくては、と気を引き締める。

「さあ、マスターが待ってますよ、先生」

「ほんとうにお世話になりました」

「とんでもない。近いうちに、またここでお会いしましょう」

俺はドアを開けて降り、去っていく三澤の車に向かって頭をさげた。

第六章　監禁

1

翌日も『ラーク』へ行ってみたのだが、大滝に会うことはできなかった。

ただし、マスターの山木から「心配しないで学校へ行っていてくれ」という伝言を受け取った。

ご隠居は元気でいるらしい。

ラム酒のソーダ割りを二杯飲んだところで、一人の男が店に入ってきた。まっすぐ俺のところへ向かってくる。

山木とうなずき合っているところを見ると、二人は知り合いのようだ。

年齢はまだ二十四、五といったところだろうか。

「狭間先生ですね」

ややとまどいながら、俺はうなずいた。

「お隣、よろしいですか」

「ええ、どうぞ」

男が俺の右側に腰をおろすと、山木がすぐに水割りを出してきた。

丁寧に頭をさげ、男は山木に千円札を渡す。

「申し遅れました。西尾隆之と申します」

「西尾さん？　ああ、もしかして、ご隠居の姪御さんの……」

「はい、茜の婚約者です」

樋口、白石、牧野の三人にレイプされた大滝茜は、自ら命を絶った。三人を殺してやりたいと言っていたという茜の婚約者、西尾が、俺の目の前に現れたのだ。

俺が悔やみの言葉を探しているうちに、西尾のほうが先に口を開いた。

「奥さんのこと、叔父からお聞きしました。ご愁傷様です」

西尾は躊躇なく、『叔父』という言葉を口にした。茜と結婚することは決まっていたというから、大滝や大滝の兄にも、家族として受け入れられていたのだろう。

「西尾さんのほうこそ、残念でしたね、茜さん」

小さくうなずいた西尾が、水割りをあおった。深いため息をつき、あらためて話しだす。

「叔父から見せていただきました。狭間先生がお撮りになったビデオ」

「あっ、そうですか。ちゃんと映ってましたか？　俺は自分で確かめてないんで」

「しっかり撮れてました。ぼくや叔父がすべきことなのに、代わりにやっていただいて、申しわけありません」

深々と頭をさげられ、俺はどぎまぎしてしまった。大滝に頼まれたのは事実だが、俺だって、三人の生徒に妻を殺された被害者なのだ。彼らを殺してやりたいという気持ちが、なかったわけではない。

「気にしないでください。俺にとっても復讐だったわけですから。まあ、ほんとうの犯人だと思われる白石が殺されてしまって、ちょっととまどってますけど」

「奥さんを殺したのは白石だったんですか」

「はっきりしたことはわかりません。でも、ビデオの中で樋口が言ってたでしょう？　あいつら、レイプのときは順番が決まってたらしいんですよ。最後が白石だったそうなんで、実際に手をくだしたのはあいつなんじゃないか、と思いまして」

だれが白石を手にかけたのか、俺にはまだわからない。田所が取り調べを受けているらしいが、彼が犯人だとは、どうしても思えないのだ。

実は俺の中に、ある考えが浮かんでいた。いま目の前にいる西尾が白石を殺したのではないか、という思いだ。

「西尾さん、一つうかがってもいいですか」

手に持っていたグラスをテーブルに戻し、西尾はうなずいた。

「かまいませんよ。でも、ちょっといいですか」

「なんでしょうか」

「その言い方です。ぼく、まだ二十六なんです。先生より年下ですし、丁寧な喋り方をされると、なんだか気持ちが悪いんですよ。さんづけされるのも」

西尾の気持ちは、俺にもよくわかった。ここはカジュアルに行こう、と決める。

「急に変えるのもなんだけど、まあいいか」

「お願いします。で、何をお聞きになりたいんですか」

俺は周囲にさっと目を配った。ほかに二人の客がいたが、お喋りに夢中のようで、こちらに注意を向けている様子はない。

ソーダ割りのお代わりを注文し、それが届いてマスターに五百円硬貨を渡してから、俺は口を開いた。

「率直に聞くよ。白石を殺したの、西尾くんってことは、ないよね」

西尾は、特に驚いた様子は見せなかった。苦笑しながら言う。

「できれば殺(や)りたかったですよ、先生。茜が自殺した直後は、絶対に三人とも殺してやる、って思ってましたから。でも、叔父から、そんなことをしても茜は喜ばない、俺に任せておけ、って言われて」

「聞いたよ、ご隠居に。俺にそのことを話してくれたときのご隠居、ほんとうに三人を殺しかねない雰囲気だった」

「たぶんぼくと同じ気持ちだったんだと思います。許せませんよ。自殺の原因は、どう考えたってあのレイプ事件なんですから。それなのに、犯人のあいつらが逮捕もされずに、野放しになってるなんて」

西尾は唇を噛んだ。

その悔しさは、俺にもよく理解できた。

だが、直接、妻を殺されたというのに、西尾ほどには三人への憎しみがないことに、俺は気づいた。離婚が秒読みになっていたせいなのか、それとも有紀に原因があるのか。

ひどい男だな、俺は。西尾くんやご隠居ぐらい、やつらを殺してやりたいって気持ちになるのが普通なんだろうに……。

死んだ弓子に対して、後ろめたさのようなものを感じた。それでも、有紀を好きになったことへの後悔はなかった。有紀がいてくれたからこそ、逆風の中をなんとかやってこられたのだ。

「もう一人のことなんですけど」

西尾の言葉で、俺はわれに返った。

樋口は俺が半殺しの目に遭わせ、白石は何者かに殺された。三人のレイプ犯のうち、まだ牧野が残っている。

「叔父とも相談したんですけど、最後の牧野ってやつだけは、ぼくにやらせてもらえませんか」

「きみが？　うーん、それはどうかな」

「もちろん、殺したりはしません。先生が樋口にしたように、とにかく死の恐怖を味わわせてやりたいんです。レイプされたときもそうですけど、自分で命を絶つとき、茜がどれほど怖かっただろうって思うと、ぼく、もう……」

西尾の目から、ひと筋の涙が垂れ落ちた。

彼の悔しさは理解できるが、やはりこれは俺がやるべきだな、と思った。

「気持ちはわかるよ、西尾くん。でも、きみが手を出すことには反対だな」

「どうしてですか。ぼくだって被害者の身内ですよ」

「だからこそだよ、西尾くん。茜さんのためにも、きみは刑務所なんかに入らないほうがいい」

「刑務所？」

西尾は驚いた顔を見せた。茜の復讐を果たしたいという気持ちはあっても、そのあとのことまでは考えていなかったのかもしれない。

俺はソーダ割りを口にした。喉を湿らせて続ける。

「幸い、樋口はなんとか命を取り留めたようだけど、俺がやったことは間違いなく犯罪だ。死ねば最低でも傷害致死、生き残ったとしても暴行罪か傷害罪にはなる。いずれ、自首しなくちゃならないんだ」

「自首、ですか」

「あいつらが弓子を殺した犯人だってことは間違いないけど、日本の法律では復讐なんか認められてないからね。当然、罪は償うべきだ。暴行した相手が一人から二人に増えたところで、罪の重さはそれほど変わらないだろう」

「いや、でも……」

西尾は何か言いかけたが、言葉が続かなかった。俺が刑務所に入る覚悟までしていたことが、意外だったのだろうか。

「矛盾してるよな。レイプなんて卑劣な犯罪に手を染めたやつらが普通に暮らしてて、そいつに手を出した人間が罪に問われるなんて。だけど、これが現実だ。それでもいいと思って、俺は樋口を痛めつけたんだ」

「叔父は、ほんとに申しわけないことをした、って言ってました。先生だけに罪をかぶせるわけにはいかないし、自分もなんとかしたいって」

「いいんだよ、西尾くん。俺だってあいつらが憎いんだ。樋口が死ななかったのはラッキーだったかもしれないが、残念だって気もしてる。だれが殺ったのかわからないが、白石を殺したやつが憎たらしいよ。あいつも、できれば俺がぶちのめしてやりたかった」

俺の中では、弓子を殺した実行犯は白石だ、という結論が出ている。三人のうち、最後に弓子に挑みかかっていったのは白石なのだ。ことが終わったあとで、あらためて三人が集まり、みんなで弓子の首を絞めたとは想像しにくい。

「見るだけでも、駄目ですか」

ぽつりと西尾が言った。

「見るって、何を」

「先生が牧野をやっつけてるところです。手は出さないまでも、せめて見せてもらえないかと思って」

そのぐらいならかまわないかな、というのが俺の結論だった。殺さない以上、最終的には牧野も警察で証言をすることになる。となると、牧野の目に西尾の姿をさらすことは避けたほうがいいのだが、工夫すればなんとかなるだろう。

「そのときになったら、少なくとも声はかけさせてもらうよ」

「ほんとうですか」

「ご隠居にも知らせるつもりだ。樋口の件では、すっかり世話になっちゃったからね。樋口のときと同じように、撮影もする。きみは牧野の前には出ないほうがいいけど、カメラのモニターを、別の部屋で見ていてもらうことは可能かもしれない」

「ありがとうございます。すみません、無理を言って」

西尾は頭をさげ、マスターに水割りのお代わりを注文した。

五百円硬貨を渡し、新しい酒をひと口飲んだところで、あらためて喋りだす。

「先生、奥さんのこと、ほんとうに残念でしたね」

「ああ、まあね」

俺は相変わらず後ろめたさにさいなまれていた。西尾や大滝ほど、あの三人に対して怒りを感じていない自分に気づいたからだ。

樋口を半殺しにしてしまったことにしても、有紀と牧野の関係について言われ、腹を立てた結果と言ってもいい。

「結婚して、どのくらいだったんですか」

「三年とちょっとだよ」

「まだ新婚みたいなものですね」

「新婚？　うーん、どうかな」

弓子に例の噂が立ち、ある程度は事実だとわかってから、二人の関係はかなり冷え込んでいた。

とても新婚などという甘い雰囲気ではなかった。

　それでも、少なくとも俺は修復を試みていた。弓子のほうにその気があれば、元どおりの関係に戻れたのではないか、という気がしないではない。

「ぼくたち、もう式の日取りまで決めてたんです」

「すぐ結婚する予定だったんだ」

「いえ、それがまだ二年も先だったんですよ。でも、いろいろ話してたんです。茜のお父さんからは、茜が大学を卒業するころには、もう子供が生まれててもいいな、なんて言われてまして」

「理解があるっていうか、すごい話だね。卒業式は、子連れで迎えるつもりだったの？」

「それでもいいと思ってました。結婚式は子供が生まれて一年後、って決めてたんです。かなり変わってますけど、茜のお父さんが早く孫の顔が見たいって言うものですから」

　西尾は笑おうとしたようだが、その笑顔がすぐに歪んだ。両目から、ぼろぼろと涙がこぼれ落ちてくる。義父になるはずだった男も、もうこの世にはいないのだ。

「許せないんですよ、先生。ぼく、あいつらが絶対に許せないんです」

「わかるよ、西尾くん。俺だって同じ気持ちだ」

　同じではないな、と俺は内心で苦笑した。だが、西尾の思いにこたえてやりたいという気持ちは、いちだんと強くなった。

　とにかく牧野だな。あいつにも死の恐怖を味わわせてやらないと……。

　そんな決意を胸に、俺はソーダ割りを喉に流し込んだ。

2

一時間ほどで、俺と西尾は店を出た。携帯電話の番号やメールアドレスなどはすでに交換済みだ。

「連絡、待ってますから」

「実行が決まったら、必ず電話するよ」

西尾は頭をさげ、都営地下鉄の駅のほうへおりていった。

ちょっと飲みすぎたかな……。

俺は歩きだした。マンションまでゆっくり歩いて二十分というところだが、きょうはもう少しかかりそうだった。会っていた西尾のことなどを思い浮かべながら、ぶらぶらと歩を進めていく。

西尾の気持ちは大事にしてやりたい。ご隠居もだ。そうなると、なんとか牧野にも死の恐怖を味わわせてやらなければならない……。

そんなことを考えているうちに、予想どおり、二十五分近くかかって、ようやく自宅が近づいてきた。

マンションは大通りに面しているが、道路から玄関まで少しスペースがある。

そこに足を踏み入れたとたん、ことは起きた。いきなりだれかが、背後から俺を羽交い締めにしてきたのだ。

必死で身を揺すって、俺はなんとか振り払った。いったんしゃがみ込んでから、右側にまわってきた相手に向かって、左から右手の拳を振りあげた。例の三人に襲われたときと同じやり方だ。拳は小指のほうから相手の腹部に食い込んだ。

だが、あの三人と違って、今回の相手は喧嘩慣れしているようだった。ほとんど動じることもなく、俺が突き出した右腕をつかんだ。逆にひねりあげる。

「うう っ」

声をあげた次の瞬間、俺の腹部に衝撃が走った。蹴りを入れられたらしい。二発目がまともに入って、急激に気が遠くなっていく。

意識が途切れる寸前、俺の頭に浮かんでいたのは有紀の顔だった。

どれほど気を失っていたのだろうか。目を開けたとき、俺は地下室のような場所に連れ込まれていた。部屋の隅には無機質な石の階段がついていて、あがりきったところに鉄製と思われるドアがある。

椅子に座らされているが、縛られたりはしていない。

「お目覚めですか、狭間先生」

二メートルほど前に置かれた椅子に、一人の男が腰かけていた。

年齢は四十二、三だろうか。黒系のスーツ姿で、頭は角刈り。精悍な顔つきをしている。

「だれだ、あんた。俺をどうする気だ？」

必死で声を絞り出した。情けない話だが、俺は不安だった。いったい何が起こっているのか、まったく理解できないのだ。

「あわてなくてもいいですよ、先生。それほど急ぎませんのでね」

男が顎をしゃくるようにすると、サイドから二人の男が現れた。同じようにスーツに身を固めているが、前にいる男と比べると、どこか荒れた感じがした。そのうちの一人が、ペットボトルを差し出してきた。ミネラルウォーターだ。

「喉が渇いたでしょう。まあ、どうぞ」

言われてみれば、確かに喉がからからだった。毒が入っていることを疑ってもいい状況だったが、俺は迷わず蓋を開けた。冷えた水を口に含む。

一瞬、生き返ったような気分になった。だが次の瞬間、自分がかなり切迫した状況に追い込まれていることを自覚した。二人の男に、両側から完璧に抑え込まれているのだ。目の前の男を含めた三人の迫力に押され、とても逃げ出せるとは思えない。

真正面にいる男の雰囲気に、俺は記憶があった。

そうか、三澤さんと同じ目をしてるんだな、こいつ……。

三澤は暴力団の幹部だ。左右にいる二人はともかく、目の前の男はその類の人間なのかもしれない。

「実はある方から頼まれましてね。先生には自殺していただかなくてはならないんです」

まったくさりげない口調で、男は言った。

「自殺？　なんで俺が」

「私も事情はよくわかりません。だいたいのことを聞かされてるだけですから。先生、奥さんを殺されて、犯人の生徒たちを憎んでいらっしゃるそうですね」

俺の脳裏に、樋口、白石、牧野の顔が順に浮かんできた。確かに憎んでいる。実際、樋口は半殺しの目に遭わせたのだ。

「一応、遺書も用意されてるみたいです」

「遺書？」

「先生の署名入りの、ちゃんとしたものだそうですよ」

「俺はそんなものを書いた覚えはないぞ」

「さあ、それは私には関係のないことです。私は言われたとおり、先生に事実をお知らせしてるだけですから」

男の口調は、実に淡々としたものだった。言葉には皮肉も含まれていない。事務的と言ってもいい。

「先生には申しわけないが、私は頼まれたことを実行するだけなんです」

「自殺に見せかけて、お、俺を殺すのか」

「単純に言ってしまえば、そういうことになります」

俺の背筋を、ひと筋の冷たい汗がしたたり落ちた。体にぶるっと震えが走る。

怖い、と初めて思った。

理事長や校長からどんなにいやがらせを受けても、軽く受け流して生きてきたつもりだった。

だが、どうやら彼らは本気のようだ。俺の存在そのものを、この世から消そうとしているらしい。

「一つ、どうしてもうかがっておけと言われてることがありましてね、先生」

「なんだ？」

「樋口って生徒のことです。先生が彼を拉致したことは、もうわかってます。ところが、それからどうされたのかが不明でしてね」

俺の脳裏に、北野の顔が浮かんできた。樋口を車に連れ込むところを、どうやら彼に見られていたようなのだ。

北野先生は完全な理事長派だからな。きっと彼が話したんだろう。それにしても、俺を殺そうとまでするなんて……。

俺は思わず歯ぎしりをしていた。理事長の倉本や校長の酒井が俺を追い出したがっているという実感はあったが、まさか殺しまで考えているとは思ってもみなかった。

「教えてくださいよ、先生。樋口、どうされたんです？　殺したんですか。だったら、遺体を埋めた場所くらいは喋っていただかないと。そのことも、ちゃんと遺書にしたためたいそうなんで」

「生きてるよ」

俺の言葉に、男は小さく首をかしげた。

「いま、なんておっしゃいました？」

「樋口は生きてる。俺は殺してない」

「ほう、そうですか。しかし、住居のマンションには戻ってない。どこにいるんですか」

俺は考えた。おそらく樋口はまだ大滝の息子がやっている病院にいるのだろう。しかし、ここでそれを話せば、大滝や彼の家族に迷惑がかかる。

「教えてくださいよ、先生。こんなところでもったいぶったって、仕方がないでしょう」

「べつにもったいぶってるわけじゃない。俺も知らないんだ」

「知らない？　しかし、殺してないとおっしゃったじゃないですか」

「ああ、殺してはいない。痛めつけただけだ。だが、消えたんだよ。うちの地下室に放り込んでおいたんだが、朝になったら消えてたんだ」

事実だった。大滝と三澤が樋口を運び出したことは知らされているが、ここでそれを喋るわけにはいかない。

「困りましたね。いくら生きてると言われても、どこにいるのかもわからないのでは」

男はため息をついた。

だが、すぐ思い直したようにうなずく。

「まあ、いいでしょう。依頼主には、あなたの言葉をそのまま伝えます」

また男が顎をしゃくった。左右に控えていた二人の男が、俺の肩を押さえる。

「ど、どうするつもりだ？」

「ご心配には及びませんよ、先生。痛みを感じるようなことはしませんから。眠っていただいて、そのままお目覚めにならない。そんな形にさせてもらいます」

「睡眠薬を使うのか」

「ご想像にお任せします」

俺の背筋を、また冷たい汗が垂れ落ちた。全身が震えだし、歯ががちがちと鳴る。

いよいよ終わりか。まさかこんな死に方をすることになるとは……。

俺が絶望的な気分になったとき、携帯電話の着信音が響いた。

スーツのポケットから取り出した電話機を、目の前の男が耳に当てる。

男はすっくと立ちあがった。背筋をまっすぐに伸ばす。

「これは、会長」

左右にいる男たちにも、緊張が走るのがわかった。やはり気をつけの姿勢を取る。

「三澤さん？　ああ、山木会の」

山木会の三澤。あの三澤以外に、考えられなかった。三澤とこの男の間に、いったいどんな関係があるのだろうか。

もしかして、三澤さんが助けに来てくれるのか？

一瞬、そんな期待も湧いたが、まさか、という思いのほうが強かった。俺が捕らえられたことを、三澤が知っているはずはないのだ。よしんば知っていたとしても、三澤には俺を助けなければならないような義理はない。

目の前の男は苦悩の表情を浮かべたが、やがて小さくうなずいた。

「わかりました。会長がそうおっしゃるのなら、そのようにいたします。はい」

電話を切った男は深いため息をつき、ゆっくりと椅子に座り直した。

「びっくりしましたよ、先生。あなた、不思議な人間関係をお持ちですね」

「どういうことだ？」

「うちの会長に、あなたを解放するように、という依頼があったそうです」

「会長って？」

「まあ、詳しいことは三澤さんから聞いてください。ご存じでしょう？　山木会の三澤さん。間もなくここへ見えますから」

質問は打ち止め、と宣言されたようなものだった。だれもひと言も発しないまま、二十分ほどが経過する。

やがて石段の上にあるドアが開いた。やはり黒系のスーツを着た男に先導されて、三澤がおりてくる。

目の前に座っていた男が立ちあがり、三澤に向かって頭をさげた。

三澤も軽くお辞儀を返す。

「悪かったな、緒方(おがた)」

「いえ、とんでもない。ここへお連れするときに少しだけ手を出しましたが、あとは乱暴もしておりません。どうぞお連れください」

「この埋め合わせは、必ずさせてもらう。お宅の会長に、よろしく伝えてくれ」

「わかりました。申し伝えます」

わけがわからない会話が交わされたあと、三澤が俺のほうへ目を向けた。

「行きましょうか、先生」

「は、はい」

俺が立ちあがると、男の一人が携帯電話を渡してくれた。どうやらポケットから抜き取られていたらしい。

三澤と連れ立って階段をのぼり始めた。驚いたことに、三澤を案内してきた男を含めた四人が、深々と頭をさげていた。

3

「何がなんだかわかりませんけど、ありがとうございました」

三澤の運転するアウディの助手席に乗り込み、とにかく俺は礼を言った。いったんは死まで覚悟したのだ。生きて自由の身になれたことに、まだ実感が湧かない。

車を発進させた三澤は、硬い表情のままだった。軽くため息をついて言う。

「よかったですよ、先生がご無事で」

「まだ信じられません。どうして三澤さんが助けに来てくれたんですか」

「ご隠居から言われてましてね。先生のまわりに目を配るようにって」

「俺のまわりに？」

「いろいろ怪しい動きがあったんでしょう。ご隠居は鋭いから」

三澤は、なんだかあまり詳しいことは話したくなさそうだった。やがて、やや厳しい口調で言う。

「先生に一つ、お願いがあります」

「なんでしょう」

「今夜のこと、忘れてほしいんです」

「忘れる？」

当然、三澤は前を向いたままだった。

「うちの若いのが張っていて、先生が連れ去られるのを見ました。あとを尾けたところ、あそこへ連れ込まれた。ある組の作業所なんですがね」

「作業所？」

「詳しくは聞かないでください。まあ工場みたいなものです。そこでうちのおやじが、マスターのおやじさんですけど、向こうの会長に電話を入れたんです。トップ同士の話ですから、細かい内容までは勘弁してもらいたいんですが……」

三澤の口から飛び出してきたのは、俺のまったく知らない世界の話だった。暴力団のトップ二人が、俺について話をしたということ自体、なんだか現実感が乏しかった。それでも、これは間違いなく事実なのだ。

「ぶっちゃけた話、向こうは先生を自殺に見せかけて殺すことを引き受けたんですよ」

わかってはいたことだが、あらためて言われてみると、無意識のうちに体が震えた。背筋をまた冷や汗が垂れ落ちていく。

「こういう依頼をキャンセルするのは、不可能に近いんです。しかし、あえてやってもらった。うちのおやじが頭をさげてくれましてね」

「俺のために、どうしてそこまで」

「失礼ながら、先生のためにやったわけではないんです。ご隠居の頼みですからね。私としては、聞かないわけにはいきません。うちのおやじも、それはよくわかってますから」

大滝と三澤。俺は単に『ラーク』で知り合っただけの仲だと思っていたのだが、どうやらそうではないらしい。

「三澤さん、ご隠居とはどういう……」

しばらく黙り込んでいたものの、三澤は小さくうなずいた。あきらめたように話しだす。

「私に娘がいることはお話ししましたよね」

「ええ、お聞きしました」

「その子が先天的に大病を持ってましてね。胆道拡張症という病気なんです。難しい手術が必要で、いくつもの病院で断られたんですが、ご隠居が引き受けてくれたんですよ。二年前のことです。手術は大成功でした。娘にとって、ご隠居は命の恩人ってわけです」

なるほど、そんなことがあったのか、と俺は納得した。『ラーク』に来たとしても、三澤はだいたいすぐに帰ってしまうのだが、大滝に対しては、いつも最大限の敬意を払っているように見えた。

「今回の生徒たちの件でも、実は私たちに任せないか、とご隠居に言ってみたことがあるんです。やつらを脅すことぐらい、ちょろいもんですからね、私らにとっては。でも、ご隠居は応じなかった。どうしても自分でやりたいと言ってね」

「そうだったんですか」

「先生は巻き込まれてしまって、いい迷惑でしたね。申しわけありません」

「いいえ、とんでもない。俺は俺で、あいつらには恨みがあったわけですから」

白石が死んだことで、俺はややしらけた気分になっていた。樋口の話が事実とすれば、弓子を殺した実行犯は白石のようなのだ。本人の口から確かめられないのが、なんとももどかしい。

「話を戻しますが、緒方たちがやったことは犯罪です。しかし、彼らのことは忘れてほしいんです。この件をあいつらに頼んだ人間については、私が心して探します。悔しいでしょうが、今夜のことは……」

「わかりました。三澤さんのおっしゃるとおりにします」

三澤は、ほっとしたようだった。ようやく表情がゆるむ。

「あるんですね、殺人を依頼するなんてことが」

「ありますよ、いくらでも。ただ、先生みたいな一般人を対象にしたものは珍しいんです。ある意味、ルール違反とも言えます」

「ルール違反？」

「一応、うちらにはうちらの取り決めみたいなものがありましてね。堅気(かたぎ)の方、素人さんには手を出さない。原則的には、そういうことになってるんです」

また俺の知らない世界の話になってきた。

「お金を出せば憎らしい人を殺してくれる、なんて噂が立ったら、大変なことになりますからね。金のあるやつは、いくらでも気に入らない人間を殺せることになる」

知らず知らずのうちに、俺は体を震わせていた。地下室で感じた恐ろしさが、胸によみがえってきたのだ。

「うちのおやじも、そのへんをつついたんだと思います。向こうの会長だって、できれば堅気さんに手は出したくなかったでしょうから」

「でも、危なかったんですね、俺。三澤さんのところの若い人が見張っていてくれなかったら、間違いなく殺されてたんだ」

「したくもない体験をさせてしまいましたね、先生」

「いい経験だったって思うことにしますよ。二度としたくはありませんけど」

俺は笑ったつもりだったが、顔は引きつったままだった。まだ体の震えが止まらない。

ふと気づいて時計を見ると、午前一時をまわっていた。『ラーク』を出てから、三時間以上が経過していることになる。

「いまどのへんを走ってるんですか」

「まだ都内には入ってません。寝ていてかまいませんよ。お宅まで、あと一時間近くはかかるでしょうし」

「ずいぶん遠いところまで連れていかれてたんですね、俺。そんなに長い時間、気を失ってたのかな」

「薬を嗅がされたんでしょう。殴ったり蹴ったりしたぐらいで、一時間以上も気絶してるわけがありませんから。幸いでしたよ、先生からまだ聞き出したいことが残っていたみたいで。あのまま殺されていたら、間に合いませんでしたからね」

体の震えが大きくなるのを、俺はどうすることもできなかった。

「とにかく忘れてください。お願いします、先生」

俺としては、うなずくしかなかった。

それにしても、理事長や校長の気持ちが理解できなかった。改革と称する学校の変わり方に、確かに俺は反対してきた。だが、その俺を、殺してまで排除しようとするのはなぜなのだろう。

俺が生きていては困る、ということだろうか。いや、そんなはずはない。理事会に反対勢力がいるとしても、いざとなれば俺をクビにすることぐらい、たやすいはずなのだ。

ヤクザに俺の殺害を依頼する。しかも、自殺に見せかけて……。

そんなことを計画しそうなのは、やはり理事長一派しか考えられなかった。明日、俺が学校に顔を出したら、彼らはどんな顔をするのだろうか。

以後はほとんど何も喋らず、午前二時すぎになって、車は俺のマンションに着いた。ドアを開けて出ながら、俺は三澤に頭をさげる。

「ほんとうにありがとうございました。三澤さんは命の恩人です」

「気にしないでください。これも流れですから。先ほどの件、くれぐれもよろしくお願いします。仕組んだやつがだれなのか、ちゃんと調べさせますから。あっちの組の若い連中のことについては、どうかだれにも何もおっしゃらないでください」

「わかりました。三澤さんがいなかったら、俺、ほんとにどうなっていたか……」

あらためて、自分が陥っていた苦境を思い出し、俺はもう一度、頭をさげた。また体が震えてくる。

三澤はにっこり笑い、軽く手をあげた。そのまま走り去っていく。

果たして今夜は眠れるのかな……。

首をかしげながら、俺はマンションの玄関に向かった。

4

予想どおり、俺は一睡もできなかった。体の疲れは感じるものの、睡魔がまったく襲ってこないのだ。

ベッドに寝ころがって天井を見つめていると、地下室でのシーンを何度も思い出した。自然に体が震えてきて、止まらなくなった。あのときと同様、歯ががちがちと鳴り、またいやな汗で背中が濡れる。

寝るのをあきらめ、五時すぎには起き出してコーヒーをいれた。ドリップには自信があるのだが、おいしいコーヒーにはならなかった。口に苦さだけが残る。

食事をする気にはなれず、まずいコーヒーを三杯も飲んでしまった。テレビもつけないまま、ぼんやりとすごした。じりじりと時がすぎていく。

気がつくと、そろそろ八時になろうとしていた。学校へ行く時間だ。

まず校長室に顔を出してやるか。俺が解放されたって連絡は入ってるんだろうか？　もし入ってなければ、あいつら、どんな顔をするんだろうな……。

校長のびっくりした顔を想像しても、気は晴れなかった。なんとか気力を振り絞って、洗濯したてのワイシャツを着た。ネクタイを締め、上着を羽織る。

よし、行くか、と思ったちょうどそのとき、チャイムが鳴った。マンションの玄関にだれかが来たらしい。

インターホンのモニターに、見たくもない顔が映っていた。新都心署の竹村だ。後ろに桐ヶ谷も控えている。

「はい」

——あっ、狭間さんですね？　新都心署の竹村です。開けていただけますか。

「あんまり開けたい気分じゃないね。要件を言ってもらおうか」

弓子の件で、捜査が進展しているとは思えなかった。何かあれば、望月が連絡してくれるはずなのだ。こんな状況の中で、竹村と話などしたくない。

竹村は引かなかった。

——私は仕事で来てるんですよ。いいんですか、ここで内容をお話ししちゃっても。

「ああ、かまわないよ。まさかまだ俺を疑ってるわけじゃないだろうな」

——疑ってますよ。

はっきりとした口調で、竹村は言いきった。

——ただし、今回はそれだけじゃない。牧野って生徒のこともありましてね。

「牧野？　牧野がどうかしたのか」

意外な名前が出てきて、俺は首をかしげた。ここの地下室で痛めつけた樋口は、大滝の息子がやっている病院にいるはずだった。白石は何者かに殺された。弓子を殺した可能性のある三人のうち、あと残っているのは牧野だけなのだ。

——とにかく入れてくださいよ、狭間さん。こんな器械越しじゃ細かいことは話せませんから。

仕方なく、俺は解錠ボタンを押した。牧野の身に何かあったのだとすれば、話ぐらいは聞いておきたい。

まず頭に浮かんできたのは、西尾の顔だった。昨夜会って、牧野を痛めつけるときには連絡する、と約束したばかりだった。彼は婚約者の茜を三人に殺されたようなもので、牧野たちを殺したいほど憎んでいる。そんな機会があるとは思えないが、もし牧野が目の前に現れたら、西尾なら殺してしまうかもしれない。

間もなく部屋の玄関でチャイムが鳴った。

俺がドアを開けると、有無を言わさずに竹村が踏み込んできた。

「ほう、準備がよろしいですね、狭間さん」

　スーツ姿の俺を見て、竹村が言った。

「では、行きましょうか」

「勝手なことを言うな。あんたが牧野の名前を出したから、話だけは聞こうと思っただけだ。どういうことなんだ？　牧野がどうかしたのか」

　竹村は小さくため息をついた。もったいをつけるように、にやりと笑う。

「ご存じない、とおっしゃるんですか、先生」

「一人一人の生徒のことなんか、いちいち知ってるわけがないだろう。さっさと話せ。牧野がどうしたんだ？」

「死にましたよ。殺された、って言うべきかな」

　俺は、自分がそれほど驚いていないことに気づいた。

　先ほど牧野の名前が出てきた時点で、十分に予想できたことだったからだ。西尾の顔が、また頭をよぎる。

「あなたが奥さんを殺した犯人だと指摘した三人のうち、まず白石が殺され、今度は牧野だ。お話をうかがわなければならない事情、おわかりになりますよね」

「わからないな。ぜんぜんわからないよ。俺が殺したとでも言うのか？」

　竹村は、わざとらしく肩をすくめてみせた。厳しい口調で言う。

「このままここで話しますか？　取り調べってことになりますが」

「取り調べ？」

「率直に言います。私はあなたを疑ってる。とにかく話を聞かせてください。ここではなく、署のほうでね」

任意の取り調べなのだろうが、もし断れば、逮捕状でも用意しかねない様子だった。俺としても、警察から牧野のことを聞きたい気持ちはある。情報収集だ。ここは従うべきだろう。

「わかった。ただし、電話を一本、かけさせてくれ」

「かまいませんよ。私たちは外で待ってます」

竹村は素直に出ていき、扉を閉めた。

俺はリビングに戻り、三澤に電話した。

——三澤です。

いつもの冷静な声だった。俺に付き合って、あまり寝ていないはずなのに、そんなことは微塵も感じさせない。

「狭間です。早くからすみません」

——いや、大丈夫ですよ。ゆうべはほんとにご苦労様でした。

「おかげ様で助かりました。ところで、ちょっと困ったことになってまして」

牧野が殺され、どうやら自分が疑われているらしいことを、俺は手短に話した。

死亡推定時刻などはわからないが、少なくとも昨夜のかなり長い時間、俺にはアリバイがないのだ。

三澤はまったくあわてなかった。少し考え込んだあと、落ち着いた口調で言う。

――車の中で申しあげたとおり、緒方たちのことは黙っていていただきたいんです。

「もちろんです。ただ、昨夜『ラーク』を出てからのことを聞かれると……」

――私と飲んでいたことにしましょう。

俺の言葉に割り込むように、三澤が提案してきた。

――すぐバレるかもしれないが、とりあえずいま先生は警察に拘束されないほうがいい。私と飲んでたって言ってください。恵比寿にある『駒ヶ岳』って店です。

「そんなこと、言ってしまってかまわないんですか」

――ええ、かまいません。夜中まで飲んだあと、私が車で家まで送った。帰り着いたのは午前二時すぎ。これで大丈夫でしょう。まあ、私はノンアルコールビールを飲んでたことにしましょうか。

わずかに笑いながら、三澤が付け足した。

「すみません、お店の名前をもう一度」

――『駒ヶ岳』です。山の駒ヶ岳と同じ字を書きます。恵比寿駅の北口を出たところにあって、貴理子って女がママをやってます。貴乃花の貴に理科の理、子供の子です。

貴乃花は少し笑えたが、てきぱきとした三澤の指示に、俺は感心してしまった。生まれて初めてアリバイ工作をするのだ。しっかりと記憶しなければならない。

「わかりました。警察から連絡が行くかもしれませんけど、よろしくお願いします」

――心配いりませんよ。連中のやり方には慣れてますから。気をつけて。

電話はそれで終わりだった。

恵比寿の北口を出たところにある『駒ヶ岳』で、ママは貴理子さん……。

記憶を確認するように頭の中で暗唱してから、俺は部屋を出た。

5

警察での取り調べは、十五分にも満たなかった。三澤から言われたとおりに話し、あっさりアリバイが認められたのだ。

牧野が死んだのは事実のようだったが、どこでどのような形で殺されたのか、まったく話してもらえなかった。竹村としては俺の口から、いわゆる「犯人しか知り得ない事実」を聞き出したかったのだろう。

「私はまだあきらめてませんよ、狭間さん。奥さんのときのアリバイだって、何か裏があるに違いないんだ」

竹村の捨てぜりふが、少しだけ気になった。弓子が死んだときのアリバイは本物だが、今回は完全に偽装なのだ。きちんと調べられたら、バレてしまうに違いない。

例によって、桐ヶ谷が学校まで送ってくれた。後ろではなく、きょうの俺は助手席に座っている。

「いつもすみませんね、先生」

「気にするなよ。きみのせいじゃない。だいいち、こっちは何もやってないんだから」

牧野殺しについては確かに何もやっていないが、アリバイに関して、俺は警察を騙したことになる。そのうえ俺は樋口を半殺しの目に遭わせているのだ。命は取り留めたという話だが、あるいはいずれ死ぬかもしれない。

竹村はともかく、桐ヶ谷に対しては、どうしても後ろめたさを感じてしまう。

「いずれ望月のほうから話があると思うんですが、捜査のことで、ちょっといいですか」

唐突に、桐ヶ谷の口調が真剣なものになった。

「何かな」

「奥さんの事件です。だいぶ絞り込まれてきてるようですよ」

「ほんとかい？」

俺は緊張を覚えた。すでに俺の中では、実行犯は白石、という結論が出ている。警察がしっかり証拠をつかんだということなのだろうか。

「白石なんだろう？　殺ったのは」

「すみません。ぼくもはっきりとは聞いてないんです。ただ、鑑識が行った特殊捜査の結果が、ようやく出てきたみたいで」

「特殊捜査？」

俺が問い返すと、桐ヶ谷は明らかに、しまった、という表情を浮かべた。まだ話すべきではなかったか、という後悔が見て取れる。

「心配するなよ、桐ヶ谷くん。きみから聴いたなんて、望月さんに言ったりしないから」

「いえ、そんなんじゃないんです。ただ、捜査内容に関わることなんで」

桐ヶ谷はしばらく黙り込んだ。そのうちに、車は学校に着いてしまった。一つため息をついて、桐ヶ谷が話しだす。

「覚えてませんか。先生もやられたでしょう、うちの鑑識に。手についたものを、すべて取るような検査」

「ああ、そういえば」

弓子が殺された日、現場であるダンスルームに入る前に、鑑識の人間に手についたものを取られたのだ。俺も疑われているのかと、少しだけいやな気分になったのを覚えている。

「あれ、もともと痴漢捜査の方法なんです」

「痴漢？」

「電車の中での痴漢事件で誤認逮捕が続発したんで、捜査方法が発達したんですよ。ほんのちょっとさわっただけでも、たとえば女性の下着の繊維とかが、ちゃんと手に残るんです。調べれば、それがわかるんですよ」

俺にも、うっすらと記憶があった。冤罪を訴えていた男が、この方法で無実を証明されたという話だ。

「奥さんが着ていらっしゃった洋服とか下着の繊維と比較するために、あのとき学校に残っていた関係者には、すべてお願いして取らせてもらったんです」

「そんな直接的な証拠があったのか。だったら簡単な話じゃないか。出たんだろう？　白石の手から」

「もちろん出ました。でも、これは当たり前なんですよ。あいつらは、奥さんとセックスを……あっ、すみません」

「遠慮はいらないよ。まあ、そうだよな。セックスまでしてるんだから、手に下着の繊維ぐらいついていても不思議はないってわけか」

「はい。あの三人については、すぐに結果が出たそうです。でも、殺しに関しては完全否定ですからね、やつら」

　桐ヶ谷は深いため息をついた。だが、事件は解決しそうだ、と彼は言ったのだ。

「つまり、ほかにもいたってことか。かみさんの下着の繊維が、手についていたやつが」

「ですから、そこまではまだ聞いてないんです。ただ、これで追い込めそうだな、って望月が鑑識と話していただけで」

　なぜ望月さんは俺に連絡をくれないんだ？

　やや不満だったが、それを桐ヶ谷にぶつけても仕方のないことだった。彼は厚意で教えてくれたのだ。むしろ感謝すべきだろう。

「ありがとう、桐ヶ谷くん。望月さんからの連絡、待ってみるよ」

「すみません、お役に立てなくて」

「とんでもない。教えてくれて、ありがとう」

「朝早くから、ほんとうにすみませんでした」

俺が降りると、桐ヶ谷は頭をさげて、車を出した。

「先生」

突然の声に振り向くと、有紀が立っていた。目にいっぱい涙を溜めている。

「どうしたんだ、こんなところで。授業、もう始まってるだろう」

「授業なんか、出てられるわけないじゃない。牧野くんが殺されて、先生が警察に呼ばれたって聞いたんだから」

俺は有紀が、たまらなくいとおしかった。だが同時に、そろそろ別れの準備をしなければいけない、という思いが湧いてきた。付き合ってもいないのに別れる。変な話だが、弓子の事件は解決が近づいている。当初の予定どおり、そうなれば自首するつもりだ。

「先生、大丈夫だったの?」

「決まってるだろう。見込み違いの捜査さ。俺は何もやってない」

牧野の死に関しては、という条件がつくのだが、それを有紀に告げるだけの勇気はまだなかった。暴行傷害、あるいは傷害致死で、俺は間違いなく逮捕されるのだ。有紀がどんな思いをするかは、想像するだけで胸が苦しくなる。

有紀が抱きついてきた。

俺はそっと彼女の肩を抱いてやった。耳もとにささやく。

「もう少しだ、有紀。あとちょっとで、弓子の事件の犯人がわかる」

「ほんと？」

「実行犯はたぶん白石だろうが、警察がちゃんとした証拠をつかんだようなんだ。だから、しばらく我慢してくれ。解決したら、おまえとのこと、本気で考えるから」

涙は止まっていなかったが、有紀は満面に笑みを浮かべた。世界一の笑顔だな、と思った。彼女が俺を好きになってくれたことに、心の底から感謝したい気分になる。

だが、そう遠くないうちに、俺たちは別れなければならないのだ。刑務所に入っている間、待っていてくれ、などと言えるわけがない。十七歳の有紀には、無限の可能性が開けているのだから。

「何度も言うけど、私にできること、なんでもするからね、先生。遠慮しないで、絶対に話してよ。私にしてほしいことができたら」

「ちゃんと言うよ。おまえに嘘はつけない」

「ああ、先生」

有紀が唇を押しつけてきた。俺も抵抗はしなかった。両手に力をこめ、ぎゅっと有紀を抱きしめながら、唇を合わせる。

もう嘘をついてることになるんだろうな。ごめん、有紀……。

有紀の唇の柔らかさにうっとりとなりながら、俺は心の中で、ずっと有紀に謝り続けていた。

「さあ、そろそろ行けよ。俺も用事があるんだ。校長と話してこなくちゃならない」

唇を離すと、俺は有紀をじっと見つめて言った。

「先生、もしかしてクビになっちゃうの?」

「さあ、どうかな。その可能性も、なきにしもあらず、ってところだ」

有紀の表情が、急に引き締まった。何かを決意したような目で言う。

「私、平気だからね。先生がここを辞めても、絶対に気持ちが変わったりしないから」

「有紀」

胸が熱くなった。有紀をいとおしいと思えば思うほど、樋口を痛めつけたことへの後悔の念が湧いてくる。

いまさら、どうしようもないんだ。どんなに好きになっても、いずれ有紀とは別れなくちゃならない……。

虚しさをこらえ、俺は無理やり笑顔を作った。

「ありがとう、有紀。俺も気持ちは変わらないよ」

「先生」

もう一度、有紀が抱きついてきた。

軽く唇を合わせ、すぐに体を離す。

「午後、授業があるよな。しっかり勉強しておけよ」

にっこり笑ってうなずき、有紀は校舎のほうへ駆けていった。

スカートの裾からあらわになった白いふとももが、いつにも増してまぶしく感じられた。確かに刺激は受けたが、俺の有紀への思いは、性的な欲望など完全に超越している気がした。この子のためなら、なんでもしてやりたい。そんな気分になっている。

いまの有紀にとって一番大事なのは、俺と別れることなのかもしれないな……。

一つため息をついて、俺は教師用の玄関に向かって歩きだした。

第七章　筋書き

1

俺が廊下を歩いていくと、校長室から一人の男が出てきた。国語教師の田所だった。俺の顔を見て、一瞬、ぎくりとする。

「田所先生、大丈夫だったんですか」

白石殺しの嫌疑をかけられ、田所は警察で事情を聴かれていたはずなのだ。

「いやあ、まったくひどい目に遭ったよ。言い争いをしていただけで、殺人犯にされちまうなんてな」

「確かに。でも、よかったですね、解放されて」

「まあな。いま校長に呼ばれて、事情を説明してきたところだ。しっかり皮肉を言われたよ。警察の取り調べを受けても、まだうちを辞める気にはならないのか、ってな」

校長の言いそうなことだな、と思った。俺だって、何度も言われてきたことなのだ。

「犯人の目星、ついたんでしょうか」

「うーん、どうかな。担当の刑事は、相変わらず俺を疑ってるみたいだったし、進んでないんじゃないか、捜査は。それより狭間先生、なんだか顔色が悪いね」

いろいろあって寝てもいないうえに、また警察に連れていかれたのだ。顔色など、いいわけがない。田所にはすべて話しておきたいところだが、まずは校長の顔を見ておくべきだろう、と俺は判断した。

「ちょっと急ぐので、話はまたあとで」

「ああ、そうだな」

去っていく田所の背中を、俺は見送った。意外に元気そうで、少し安心した。初めての事情聴取は、かなりきつい経験だったに違いない。

一度、深呼吸してから、俺はノックして校長室の扉を開けた。

「なんだ、きみか」

校長の酒井は、特に驚いた様子は見せなかった。俺を自殺に見せかけて殺そうとしたのは、理事長の倉本と校長の酒井に違いない、と俺は思っていた。もしそうなら、生きている俺を見て、酒井が平静でいられるはずがない。

違ったってことか？　じゃあ、いったいだれが……。

ややとまどっている俺に、酒井がいらいらしたように言う。

「何か用か。こっちも忙しいんだ。急ぎでなかったら、あとにしてくれないか」

「警察に呼ばれてましたんでね。その件を一応、ご説明しておこうかと思いまして」

「話は聞いてる。引退間際の刑事の暴走だったんだろう？　私たちだって、きみが奥さんや牧野くんを殺したなんて思っちゃいない。説明などいらんよ」

理事長の倉本は元警察官。いまでも警察とはツウカアのようだから、逐一、連絡が入っているのだろう。

俺がそう思ったところへドアが開いて、当の倉本が入ってきた。

窓際の机の前に座っていた酒井がすっくと立ちあがり、倉本を迎える姿勢をとる。

「辞表でも持ってきたのかね、狭間先生」

皮肉たっぷりに、倉本が言った。

「いえ。前にも申しあげたとおり、俺は辞める気はありません」

「だったらなんの用だ？　いま忙しいんだ。出ていってくれないか」

「警察に呼ばれてましたのでね。その件をご報告に来ただけなんですが」

「聞いてるよ。私たちだって、きみを疑ってるわけじゃない。済んだら出ていってくれないか。ちょっと校長と話があるんでね」

酒井同様、倉本もなんだかいらついているようだった。俺のことなどまったく眼中にない、という雰囲気だ。

俺としてもこれ以上、ここにいる理由はなかった。一礼して、さっさと校長室を出る。

しかし、疑問はいっそう大きくなった。

いまの様子を見る限り、俺を自殺に見せかけて殺そうとしたのは、どうやら理事長一派ではなさそうなのだ。俺にしたところで、倉本と酒井でさえ、まさか俺を殺そうとまでするとは思っていなかった。そんなことをしそうな人間は、見当もつかない。

数学教官室に入っていくと、すぐに北野が声をかけてきた。

「また警察に呼ばれたんだって？　大変だったね、狭間先生」

「毎度のことで、もう慣れましたよ」

「校長や理事長に皮肉を言われてきたのかい？」

北野は完全な理事長派だが、一応、俺の立場はよくわかってくれている。味方とまでは言えないが、積極的に俺を辞めさせようとしているわけではない。

「俺もそれを覚悟して行ったんですけどね、様子がおかしいんですよ。校長も理事長も、なんだかそわそわしちゃって」

「まあ、そうだろうな。解散が近いから」

「解散？　ああ、国会ですか」

北野はうなずいた。本心かどうかはわからないが、迷惑そうな表情を浮かべている。

「学校に政治を持ち込んでほしくはないんだけどな。理事長が立候補するとなれば、みんなで協力しなければならなくなるし」

「俺は何も手伝うつもりはありませんよ。だいいち、おかしいじゃないですか。学校が選挙に協力するなんて」

「建前上はそうだけどさ、実際にはいろいろやらされるんだよ。覚えてないか？　二年前、理事長が都議選に出たときのこと」

二年前の都議会議員選挙のことが、俺の頭によみがえってきた。倉本が立候補したせいで、学校中が大騒ぎになったのだ。理事長派の教職員連中は、積極的に票集めをさせられたわけではないものの、いろいろ雑用をやらされていたのを覚えている。

当然、俺や弓子はいっさい関わらなかった。講演会に出席するように言われたが、それも無視した。当然、倉本には投票もしていない。

「理事長も再来年の都議選なら、再選は確実らしいんだけどな」

「やっぱり出たいんですかね、国会に」

「気持ちはわかるよな。政治家を志したら、やっぱり国会まで行かないと。うちの理事長の場合は、もう少し先まで見てるわけだし」

「もう少し先？」

そんなこともわからないのか、と言わんばかりに、北野がにやりと笑った。

「長期計画なんだよ、狭間先生。理事長は初めから、最終目標を決めてるんだ。文部科学大臣になろう、ってね」

「文科大臣、ですか」

「うちの理事長になったのが、その第一歩さ。儲かってる警備会社の社長だったんだぜ。腹に一物がなければ、わざわざ面倒な学園の理事長なんか引き受けたりはしないだろう」

言われてみればなるほどという感じだが、俺はだんだん腹が立ってきた。

北野が続ける。

「金はあるからな。現与党の幹事長と知り合って、付き合いで献金なんかしてるうちに、まずは都議会、いずれは国会へ、さらには大臣へって気持ちが湧いてきたんじゃないかな。そのための布石として、うちの理事長になったのさ」

「じゃあ、あれですか。学園の改革だなんだっていうのも、みんな自分の目標を達成するための手段ってことですか」

「そのとおり。狭間先生は改革に反対みたいだけど、現理事長になってから、うちの学園の評価は間違いなくあがってるんだ。大学とのつながりもできたしね。いずれは有隣大の付属になるって話まであるらしい」

　有隣大は東京郊外にある私立大学で、毎年、かなりの人数を指定校推薦で拾ってもらっている。だが、付属になるなどという話は初耳だった。

「何かメリットがあるんですか。有隣大の付属になることに」

「そりゃあ、あるさ。うちの学校に入れれば、とにかく有隣大に行けることが確定するんだ。受験者はぐっと増えるだろうし、受験料収入はとんでもない額になる。当然、優秀な教師を雇う余裕も出てくる」

「優秀な教師？」

　もう一度、北野が意味ありげな笑いを見せた。

「言い方が悪かったかな。優秀っていうより、人気教師だね。予備校だけじゃない。高校だって、教師の人気で受験者の数が変わるんだ。タレントみたいな教師に来てもらうには、それなりに金がかかるってことさ」

「なんか本末転倒じゃありませんか。いいんですかね、そんなことを考えてる人が文部科学大臣なんかになって」

俺は、いちだんとむかついてきた。

気にもしない様子で、北野が言う。

「理事長はもともと政治家気質の人なんだ。気づくのがちょっと遅かった、なんて自分で言ってたことがあるよ。都議選に出たのが、もう四十のときだったからな。でも、まだ間に合わないわけじゃない。文部科学大臣、十分に狙えるんじゃないか？」

倉本が大臣になることを、北野はまるで楽しみにしているかのような口ぶりだった。倉本は都議会で文教委員会に所属している。教育への関心が高く造詣も深い、というプロフィールを、俺も読んだ覚えがある。

腹を立てるのも、だんだん馬鹿らしくなってきた。弓子の事件が解決すれば、どうせ俺は樋口の件で自首するのだ。当然、ここは辞めなければならなくなる。有紀のことが気にはなるが、考えても仕方がない。

それにしても、警察は何をやってるんだ？　桐ヶ谷くんは、そろそろ決着がつきそうだって言ってたのに……。

望月警部補の顔を思い浮かべ、俺は深いため息をついた。

ポケットで、携帯電話が震えた。モニターに三澤の名前が出ている。俺は内心で舌打ちした。

あれだけ面倒を見てもらっておきながら、警察から解放されたところで、電話もしていなかったのだ。俺はあわてて教官室を出て、電話に出た。

「すみません、三澤さん。ご報告が遅くなりました。おかげ様で、警察のほうは、すぐに解放されたんです」

――それはよかった。ところで、全容がつかめましたよ。

「全容って？」

――どうして先生が拉致されたか、なんで自殺に見せかけて殺されそうになったか、ってことです。学校、何時に終わります？

俺はもう気が気ではなくなっていた。すぐにでも飛び出していきたいくらいの気分だ。

「いつでも出られますよ。どこへうかがえば」

――私のほうは、まだちょっと用事がありましてね。六時前には体が空くんですが。じゃあ、六時に『ラーク』でいかがですか。

「わかりました。でも、あそこ、七時からですよね」

――これから電話して、若に開けておいてもらいますよ。じゃあ、六時に。

電話は切れた。

2

「まず私たちの立場を説明しておいたほうがよさそうですね」

午後六時、『ラーク』のカウンター席に座るなり、三澤が口を開いた。

マスターの山木は三澤にスコッチのロック、俺にラム酒のソーダ割りを出して、さっさと奥に引っ込んでしまった。正式には開店前のはずの店内は、しんと静まり返っている。

「若との話をお聞きになっていて、多少はご存じかもしれませんが、私たちは暴力団なんて呼ばれてます。もちろん、自分でつけた名前じゃありません。警察が勝手に命名したものです」

俺はうなずいた。自ら暴力団などと名乗りたい団体はないだろう。

「不思議だと思ってるでしょうね。この日本に、どうしていまだに私たちみたいなものが存在しているのか」

「いや、そこまでは……」

「私たちだって、変な世界だなって考えることもあるんです。日本には立派な警察があるし、その気になれば、われわれを壊滅させることぐらい、簡単なはずなんですよ」

話が難しくなってきて、俺は首をかしげた。きょうは俺が拉致された経緯を聞かせてもらえるはずだったのだ。それでも、ここは三澤に任せるしかない。

俺はグラスを口に運んだ。酒が喉を通って、少し楽な気分になった。知らず知らずのうちに緊張していたらしい。

「結局のところ、共存共栄ってことなんですよ」

「は？」

「私たちにも利用価値はある。お上はそう判断して、私たちもそれに従うことにした。生き残るためには仕方がない、って面もあります」

「お上って、つまりは国ってことですか」

「そのへんは、曖昧なままにしておいてほしいんですがね。私にもはっきりとはわかりませんので」

三澤は困った顔をして、オンザロックを飲んだ。少し厳しい表情になる。

「ほとんどの組は、世で言われてる暴力団的なことをやってます。脅しをかけたり、ミカジメ料を取ったり。しかし、うちのおやじはちょっと変わってましてね。若にあとを継いでもらうつもりはぜんぜんなくて、一般企業として生き残っていこうとしてるんですよ」

「金融とか、そっちのほうですね」

「まあ、そういうことです。組系の会社はフロント企業なんて呼ばれたりもしてるが、うちは違う。会の活動資金を稼ぐために、やってるわけではありませんのでね。だから、金融のほうを若にやってほしいと思ってるんですよ、私もおやじも」

この店『ラーク』のマスターである山木は、三澤が所属している山木会の会長の息子なのだ。会長は組を継がせるのではなく、マスターに金融会社のほうをやってもらいたがっているらしい。

「真っ当な企業になるっていうおやじの考えは、お上もそれなりに認めてくれてるんです。しかし、おやじが目的を果たすためには、さっき言った共存共栄のための仕事も引き受けなくちゃならない」

国が暴力団の価値を認め、それを利用する。あまり考えたくない話だが、三澤は真剣だった。そういう事実が間違いなくあるのだろう。

「デス・スクワッドって言葉、聞いたことがありますか」

やや唐突に、三澤が尋ねてきた。俺にはまったく耳慣れない響きだ。

首をひねる俺に、三澤が説明を続ける。

「じゃあ、超法規的っていうのはどうですか」

「ああ、それなら知ってますよ。ハイジャックされたときに、人質と交換に囚人を解放したことがありましたよね」

「そう、それです。デス・スクワッドっていうのは、超法規的な処刑集団です。もともとはフィリピンとか中南米で使われていた言葉らしいんですが、裁判をしても有罪にできない犯人を、殺してしまおうって組織なんです」

「つ、つまり、暴力団にその役をやらせてるんですか、政府が」

三澤は少しだけ考え込んだが、すぐに言葉を発した。

「政府って限定されても困るんですがね、まあ、いわゆる『大きな力』ってやつです。言い方を変えれば、私たちは抹殺屋をやらされてるんですよ」

「抹殺屋？」

「始末屋と言ってもいい。依頼されたら、だれかを跡形もなく消すんです」

「跡形もなく、消す？」

三澤はうなずいた。静かな顔つきだが、迫力がにじみ出ている。

「具体的には、だれからそんな依頼が来るんですか」

三澤は苦悩の表情を浮かべた。俺にもよくわかっている。これを話してしまえば、俺はいわゆる『知りすぎた人間』になってしまうのだろう。

それでも、あえて尋ねてみたかった。

しばらくの沈黙ののち、三澤はゆっくりと口を開いた。

「先生、身体検査って言葉、ご存じですか。政治家に関しての話ですけど」

「ええ、知ってます。首相が大臣を任命するとき、経歴を調べるんですよね。変な過去を持っていると、すぐに辞任なんてことになりかねませんから」

「その身体検査、調べるだけってわけじゃないんです。場合によっては、その人間の過去を、きれいさっぱり消さなくちゃならないこともある」

「過去を、消す？」

「怖いのは、結局は人の口です。ただのお喋りならだれも気にしませんが、政治家に関するものだと、マスコミが飛びつきますからね」

「愛人とか、ってことですか」

「まあ、それもあります。でも、そんなものはだいたい金で片がつく。信じられないような金を出しますからね、あいつらは」

「もしかして、何千万とか？」

俺はかなり大胆な数字を出したつもりだったが、三澤はあっさりと首を横に振った。

「その単位で済めば、まだいいほうでしょう。元愛人の口を封じるために億単位の金を出したなんて話、私は何度も聞いたことがあります」

「黙りますよね、そこまで金をもらえれば」

「金を渡すのと同時に脅しもかけるんです。そういうとき、私たちが役に立つわけですよ。何か喋ったら、すぐに怖いお兄さんが飛んでくる。そう思えば、たとえもらった金がなくなっても、余計なことを喋ったりはしませんから。賄賂（わいろ）に近い金を受け取ってるわけですから、警察に駆け込むこともできませんしね」

三澤の言葉には、なんだかとんでもなく現実感があった。俺たちの前では紳士だが、彼はそういう世界で生きてきたのだ。

「しかし、中には厄介な連中もいる。怖い物知らずで、際限なく金を要求してくるようなやつらがね。基本的には私たちと同類ってことになるわけですが、そんな人間には、どうしても消えてもらわなくちゃいけなくなるわけです」

俺の背筋を、震えが駆け抜けた。地下室に監禁されたときと同様、冷や汗が流れる。

「与党の上のほうから依頼が来るわけですか」

もう一度、俺は最初と同じ意味のことを尋ねてみた。

三澤は酒を口にし、小さくため息をつく。

「みっともないと思われそうですが、実のところ、私たちにもはっきりとはわからないんですよ。うちらの会長のところへは、上の団体、うちで言えば新制会から話がおりてくるわけですけど、私たちは言われたとおりにするだけで、いろいろ詮索するわけにはいきませんのでね」

山木会が指定暴力団、新制会の二次団体であることは俺も知っていた。新制会は関西にある征東会と並ぶレベルで、東日本では一番大きな団体と言ってもいい。俺はさらに問いかける。

「でも、大臣にするかもしれない男の過去を消すわけでしょう？　そういうふうにしたいのは、与党の幹部ってことになるんじゃありませんか」

「与党とは限りませんよ。もっと言うと、身体検査を受けさせられるのは、大臣候補ばかりじゃない」

俺は酒で喉を潤しながら、ここまでのところを頭の中で整理した。俺が殺されそうになったことと、政治家の身体検査がどう関わってくるのか、まだまったくわからない。

しばらくの沈黙ののち、三澤は静かな口調で言った。

「倉本和博、ご存じですよね」

「うちの学校の理事長です。やっぱり彼だったんですか、俺を殺そうとしたのは」

「まあ、待ってください。順番に話しますから」

三澤に制され、俺は苦笑した。落ち着こうと思ってはいるのだが、どうしても気が急いてしまう。

「衆議院は解散が近いって言われてます。倉本は、どうやら比例代表で立候補する予定らしいんです」

「比例ですか。国会に出るって話は聞いてましたけど」

「与党のほうで、彼は相当に優遇されてるみたいです。半端じゃない額の献金をしてるようなんで」

幹事長が体育祭に来るような関係なのだ。献金については俺にも想像がつく。

「いくら大切にされていても、当然、倉本にも身体検査が行われたわけです。その結果、出てきたのが、先生の奥さんを殺したと思われる生徒たちの問題でした。奥さんの事件を除いても、やつらの行状、相当にひどかったみたいですね」

俺はうなずいた。樋口、白石、牧野の三人は、わかっているだけでも四件のレイプ事件を起こしている。結果として、ご隠居の姪御さんは自ら命を絶ったのだ。

「私立高校の理事長という肩書があるわけですから、当選すれば文教族の議員ってことになる。文部科学大臣への第一歩ですね。しかし、自分が理事長をやってる学校に、そんな生徒がいたんでは具合が悪いわけです。いじめなんてレベルの問題じゃありませんから」

「しかし、あいつらを入れたのは理事長自身ですよ」

三澤はうなずいた。

「F組のことは私も聞いてます。金は儲かるし、最初はいいと思ってたんでしょう。しかし、上からクレームがついた。学園にあんな生徒たちがいるのはまずい、って言われたんでしょう、倉本は」

「ってことは、生徒たちは身体検査の結果、消されたんですか。白石と牧野は」

「白石って生徒を殺ったのは、だれだかわかりません。ただ、彼が殺されたことで、具体的な案ができあがったようです。三人の生徒たちを、先生が次々に殺していくって案が」

「俺が？　俺が三人を殺すんですか」

三澤は詳細を話し始めた。

「先生は四人を殺して自殺する。そういう計画だったようです。三人の生徒と、あと山沢とかいう週刊誌の記者ですね」

「山沢くん？　どうして彼まで殺さなきゃならないのかな」

「すべて恨みの犯行ってことなんですよ、筋書きは。先生は三人の生徒に奥さんを殺されたと思い込んでいた。だから三人を殺す理由がある。それに加えて、山沢って記者は奥さんを貶めるような記事を書いた。当然、先生は恨みに思う」

「でたらめですよ、そんなの。だいいち、山沢くんは悪いやつじゃない。確かにひどい記事が出ましたけど、あれは彼の上司が勝手に……」

俺の言葉が終わらないうちに、三澤が懐から何かを出してきた。広げると一枚のコピー用紙だった。それを俺のほうへ差し出してくる。

ごく普通のA4の紙だ。一番下に、俺の名前が書かれている。

「これに見覚えはありませんか、先生」

「うーん、どうかな。確かに俺の字ですけど」

言った瞬間、俺は思い出した。

「これ、田所先生に渡された紙だな。理事長の改革に反対してる教師たちの飲み会をやるとかで、名前を書けって言われて」

「そう、その田所ですよ。今回の話には、田所って教師が一枚噛んでるんです」

「田所先生が？　そんな馬鹿な。彼は俺の味方ですよ。理事長の改革には、いつも真っ向から反対してきたし」

「ポーズですよ、先生。田所はもともと倉本一派なんです。教師たちの動向を探るために、反対派のふりをさせられてたんでしょう」

ここまで聞いても、まだまさかという気持ちのほうが強かった。だが、教えている教科も違うし、田所について知っていることなど、俺にはほとんど何もないのだ。言われてみれば、そうなのかもしれない、という気もしてくる。

俺はハッとなった。手に持っている紙の意味がわからないのだ。

「これは俺が書いて田所先生に渡したものですけど、この紙がどうかしたんですか」

「遺書ですよ、先生の」

「俺の、遺書？」

「直筆のサインさえあれば、信憑性が増しますからね。空いてるところに、パソコンで文字を打つつもりだったんでしょう」

理事長の改革に反対する会の参加者ということで、俺の前にも七、八人の教師の名前が書かれていた。実際に、本人がサインしたのだろう。だが、そういえば俺以外の文字は鉛筆かシャープペンシルで書かれていた。あとで消せるようにしておいたということなのだろうか。遺書に使う目的で、俺に名前を書かせるために、田所が細工した可能性も考えられる。

無意識のうちに、俺は体を震わせていた。もし三澤の言うとおりだとすると、きわめて身近なところに、俺を殺そうとしている人間がいたことになる。

「田所先生が理事長派だとすると、俺を自殺に見せかけて殺す件を、やはり理事長は知っていたことになりますよね」

「いや、そのへんが難しいところなんです。今回のことは、あくまで身体検査の一環ですからね。理事長本人にも知られないうちに、上のほうが勝手に動いていたって可能性が高いんじゃないですかね」

「本人にも知られないうちに、ですか」

「田所って教師にしても、先生の名前が書かれた紙を持ってこいと言われただけで、何に使われるのかまでは知らされていなかったのかもしれません」

「ちょっと待ってください。じゃあ、田所先生にこの紙を持ってこさせたのは、理事長じゃないんですか」

なんだか堂々めぐりをしているような気分になってきた。だが、そうではないらしい。単純な俺の頭には、ちょっと人間関係が複雑すぎるのだ。

三澤は少し言葉を切った。俺にどこまで話すべきか、慎重に考えているようだった。小さくうなずいて話しだす。

「田所って教師、どうやら借金があるようでしてね」

「借金？　あの田所先生が、ですか」

田所は四十代の家庭持ちだ。マンションのローンをかかえていることは聞いているが、それを普通、借金とは言わない。

「ギャンブル狂のようですよ、あの先生」

「田所先生が、ギャンブル狂？」

にわかには信じられない話だった。一度、麻雀に誘われたことがあったが、俺の知っている範囲で、彼とギャンブルが結びつくのはそれぐらいだ。俺は麻雀はやらないからと断って、それきりになっている。

「先生を拉致した緒方のところの呑み屋に、だいぶ借りがあるようです」

飲み屋ではない。呑み屋だ。競馬や競輪などの呑み行為に関わっている組織、ということだろう。

「緒方の部下のチンピラに、命令でもされたんでしょう。先生のサインが入ってる紙を持ってこいって」

「借金って、どの程度のものなんでしょうか」

「さあ、詳しくは聞いてません。でも、何百万にはなってるでしょうね。脅しのネタに使えるくらいなんだから」

田所がほんとうは理事長派であり、ギャンブル狂で借金をかかえている。しかも、俺を嵌めたらしい。もう一度、信じられないと考えた瞬間、今朝のことを思い出した。俺が行こうとしていた校長室から、田所が出てきたのだ。

あの表情、そういう意味だったのか……。

俺の顔を見て、田所はびっくりしたようだった。まずいところを見られた、という感じでもあった。本人は警察に事情を聴かれた件を報告してきたと言っていたが、同じ意図で行った俺を相手にもしなかった校長が、少なくとも田所の話は聞いていたのだ。

「これまでのところ、まとめてみましょうか、先生」

三澤の言葉で、俺は顔をあげた。

「だれであるかはともかくとして、倉本を国会に送り込みたい人間が、先生を使って学園を掃除しようとした。奥さんを殺された恨みから、先生は三人の生徒と、悪辣な記事を書いた記者を殺し、最終的に自分の命を絶った。そういう筋書きだったんでしょう」

俺の体に、あらためて震えが走った。

「三澤さんがいなかったら、俺はいまごろ殺人犯として死んでいたわけですね」

「やつらの目論見どおりに進んでいたら、ということですけどね。実際、殺された人間は気の毒ですが」

「殺された？　あっ、そうか。牧野はこの筋書きに沿って殺されたわけですね」

渋い顔をして、三澤はうなずいた。

「もう一人、死んでますよ。山沢って記者です」

「山沢くんが？　彼も死んだんですか」

「牧野や山沢について、先生は詳しいことは知らないほうがいい。筋書きでは先生が殺したことになってるわけですから、殺された場所とか手段を知ってると、厄介なことになります。警察から、事情聴取くらいは受けることになるでしょうから」

ひと呼吸おいて、三澤が続ける。

「牧野にしても山沢にしても、殺した犯人は、いずれ自首します」

「自首？」

「死体が出た以上、捜査はされますからね。内情を暴露される前に、手を打つんです。実際に殺したやつかどうかはわかりませんけど」

「身代わりってことですか」

「先生を犯人にできないことが決まった時点で、すぐに動いてるはずです。ただ、少々時間がかかるんで、先生も調べられるでしょうがね」

とんでもないことになったな、とあらためて俺はため息をついた。三澤がいなければ、俺は四人を殺した犯人にされ、なおかつ自殺に見せかけて殺されていたのだ。俺が殺したことにされるはずだった四人目の男、山沢の顔が目に浮かぶ。

「それにしても、山沢くんまで殺すなんて。記事は彼のせいじゃないのに」

俺の言葉に、三澤は困ったような表情を浮かべた。

「山沢は先生が思ってるような男じゃありませんよ。殺されたのは気の毒かもしれないが、彼には自業自得の部分もあるんです」

俺は首をかしげた。俺の見る限り、山沢は真面目な男だった。三澤の言う自業自得の意味がわからない。

「野望を持ってたようですよ。ジャーナリストとして、政治家やヤクザの世界に食い込もうっていう……。金の亡者でもあったらしい」

「金の亡者？　あの山沢くんが、ですか」

三澤は苦笑した。

「世の中の多くの人はそうなんでしょうけど、先生は善人すぎる。これまで人を疑ったことなんか、まったくないんじゃありませんか」

「いや、そんなことはありませんけど」

そんなこと、あるかもしれないな、と俺は思い直した。死んだ弓子のことだって、生徒とそんな関係に陥るなどとは、露ほども疑っていなかった。田所にしてもそうだ。山沢が俺の思っていたとおりの人間でなかったとしても、なんの不思議もない。

「奥さんが童貞キラーだっていう記事を書いたの、山沢の上司なんかじゃない。彼本人ですよ。倉本と取引をしたんでしょう」

「取引？」

「かなりの金も動いてるって話です。倉本の行状をバラす記事を書くよりも、先生の奥さんを悪女にしてしまったほうが金になる。そういうことなんだと思います」

知らず知らずのうちに、俺はまたため息をもらしていた。信じていた人間に裏切られたのだ。いったいだれを信じたらいいのか、まったくわからなくなる。

「山沢は征東会と倉本の関係も、かなり深いところまで調べていたようです。倉本にとっても征東会にとっても、それはまずいですからね。国会議員になった倉本を、征東会は利用しようと思ってたはずですから」

「その話も葬るために、山沢を殺したわけですか」

三澤はうなずいた。

だが、疑問は残った。山木会の会長が間に入ってくれたおかげで、俺は殺されずに済んだのだ。だとすれば、牧野や山沢だって生き残れたのではないだろうか。

それを口にすると、三澤はこれまで以上に険しい表情になった。

「私たちはあくまで将棋の駒でしてね。全体像を把握してるわけではないんですよ。上の指示に従うだけですからね。先生を自殺に見せかけて殺すことは緒方のところが引き受けたが、牧野や山沢は別口です。三人それぞれ、別の団体が担当したってわけです」

「そういうものなんですか」

「まあ、それぞれが関係を持っていないほうがいいですからね。われわれにも得手不得手ってものがありますし。緒方は別名、自殺屋なんて呼ばれてます」

「自殺屋?」

「得意なんですよ、自殺に見せかけて殺すのが」

無意識のうちに、俺は体を震わせていた。死の一歩手前まで行った昨夜の記憶が、鮮明な映像となって脳裏によみがえってくる。

「緒方のところへは中止命令が行ったが、ほかにはそんなものは届いていない。当たり前ですよね。うちの会長は、緒方の組の会長にしか電話してないんですから。先生を犯人にできないことをあとから聞いて、犯人を出す用意を始めたってところだと思います」

俺を自殺に見せかけて殺すこと以外は、計画どおりに実行されたということなのだろう。実際には悪いやつだったのかもしれないが、山沢が少しだけ気の毒になる。

「話はだいたいそんなところです。何かほかに知りたいことはありますか」

三澤の話は簡潔だった。隠していることもあるのだろうが、俺の疑問にはほとんど完璧に答えてくれていた。それでも、まだ気になることはある。

「俺を監禁したやつら、自殺屋とかおっしゃいましたけど、これまでどんな人を自殺させてきたんですか」

「なかなか答えにくい質問ですね。でも、まあいいでしょう。たとえば、こんなことがあるでしょう? 政治家の汚職がバレそうになると、秘書が自殺するとかって話」

「ええ、以前はよく聞きましたね」

「ボスのためにそこまで自己犠牲を払える人間、そうはいません。自分の意思で命を絶った秘書なんて、皆無に等しいでしょうね」

「こ、殺すわけですか。自殺に見せかけて」

三澤は首肯した。

「丸く収めるための犠牲ですね」

「でも、三澤さん、おっしゃいましたよね。基本的に、堅気の人には手を出さないって」

「政治なんかに関わった時点で、もう堅気とは言えませんよ、先生。やつらは、私たちとも関係してることになるわけですから」

俺は納得せざるを得なかった。政治家の秘書といえば、場合によってはいずれ自分が雇い主に取って代わるかもしれないほどの職業だ。あこがれる人間も多いはずだが、それほどきれいなものとは言えないのかもしれない。

「よくわかりました。ありがとうございます」

あらためて、俺は三澤に頭をさげた。

「それにしても、こんなに短い間に、よくここまで調べられましたね。さっき将棋の駒とかおっしゃったけど、三澤さんには全体像がわかってらっしゃるみたいじゃないですか」

「わからないと先生にご説明できませんのでね。かなり無理を言って、いろんなやつらから話を聞かせてもらいました。これだって私たちの間ではルール違反ですが、私が命がけだってこと、みんなわかってくれたんでしょう」

「命がけ？」

「オーバーに聞こえるかもしれませんが、本音です。ヤクザ同士の取り決めを崩すんですから、命がけでなければできません。今回の話の実情が世の中に露見したら、最初に消されるのは私です」

「三澤さん、どうしてそこまで……」

大きく息をつき、三澤はにっこり笑った。

「前にお話ししたでしょう？　私は先生のためにやったわけじゃない。すべてはご隠居の頼みだったからです。ご隠居のためなら、私は喜んで死にます」

実際、そうなのだろうな、と俺は考えた。

思い出したように、三澤が付け加える。

「先生のことは信頼してます。この件については、他言無用ってことで」

「もちろんです。いろいろ聞かせていただいて、ほんとうにありがとうございました」

話は終わった。だが、これですべてが解決したわけではない。肝心の、弓子を殺した犯人が、はっきりしていないのだ。俺は最後に弓子を抱いた白石だと思っているが、警察からはまだ何も言ってこない。

望月さん、何をしてるんだろうな……。

警部補の顔を思い浮かべ、俺は少しいらいらしながらソーダ割りを喉に流し込んだ。

3

今夜の三澤は運転手連れで来ていて、俺をマンションの前まで送ってくれた。

アウディを見送って玄関に向かった俺の前に、人影が現れた。有紀だった。走り寄ってきて、俺に抱きつく。

とまどいながらも、俺はがっしりと有紀の体を受け止めた。軽く唇を合わせる。

「ずっと心配してたんだから」

「ごめん。いろいろ忙しくてな」

午後の授業のあと、有紀は数学の質問をしに来た。しかし、夜の予定が気になって集中できなかったため、俺は彼女を追い返したのだ。心配するのも当然だろう。

「大丈夫なの？　先生、すごく疲れてるみたいだけど」

じっと見つめてくる目は、すでに潤んでいた。こんな顔を見ていると、俺の中でいとおしさがつのる。

「平気だよ。ありがとうな、心配してくれて」

「そんなの当たり前じゃない。私、先生のことが好きなんだから」

俺は抱きしめる腕に力をこめた。だが、やはりまずいな、と思い直した。いずれ早い時期に別れなければならない相手なのだ。こうやって会うこと自体、適当とは思えない。

「おまえ、いつから待ってたんだ？」

「六時半くらいかな」

三澤とは早い時間から会っていたから、まだそれほど遅いというわけではないが、それでも九時はすぎている。

「ほんとに悪かったな、待たせちゃって。でも、もう遅い。そろそろ帰ったほうがいいよ。少し飲んでるから、タクシーを呼んで送っていこう」

俺が言うと、有紀はぶるぶると首を横に振った。

「きょうはね、私、決めてきたの。先生のところに泊めてもらおうって」

「泊まる？　ちょ、ちょっと待てよ、有紀。そういうのは、おまえが卒業してからじゃないと……」

「うちには帰らないって言ってきちゃったのよ。明日も明後日も休みだし、亜由美(あゆみ)のところに泊まるって」

きょうは金曜日だ。確かに二日間、学校は休みになる。

「亜由美って、小坂(こさか)のことか」

小坂亜由美は有紀と同じく二年A組の生徒だ。二人は仲良くしているらしい。

「お願い、先生。私を大事にしてくれるのはうれしいけど、私だって一人の女なんだよ。好きな男の人と一緒にいたいって気持ち、わかるでしょう？」

「うーん、でもなあ……」

俺は迷った。だが、これは逆にいい機会なのかもしれない、と思い直した。俺が樋口を瀕死の状態まで痛めつけていて、いずれ警察に出頭するつもりだということを、いずれは有紀に話さなければならないのだ。それはそのまま有紀との別れにつながる。

少し予定より早かったが、まあいいか……。

俺はうなずいた。

「わかった。とにかく入れよ、有紀」

「うわあ、ありがとう、先生」

飛びあがるようにして、また有紀が抱きついてきた。俺は彼女を制して、オートロックのドアを開ける。

部屋に入ったところで、初めて有紀の格好に気づいた。上はTシャツにGジャンだったが、下はなんと超がつくほどミニ丈の赤いスカートをはいていたのだ。むっちりした白いふとももが、裾から大胆に露出している。

目のやり場に困った俺は、とにかく彼女をソファーに座らせ、自分はキッチンに立った。

「コーヒーと紅茶、どっちがいい？」

「先生は？」

「俺はいつもコーヒーだ」

「じゃあ、私もコーヒー」

カウンターキッチンになっているため、有紀の様子は丸見えだった。はしゃいでいる有紀は、とにかくかわいかった。またいとおしさが込みあげてくる。

俺はキリマンジャロの豆をひいた。お湯を沸かし、ドリップでいれていく。

「先生、ちゃんと食べてるの？」

「えっ？　ああ、まあな」

「でも、外食が多くなっちゃうよね、やっぱり」

有紀の言うとおりだった。前は夫婦交代で炊事をやっていたのだが、弓子が出ていってから、自分で食事を作ったことは一度もない。

「私が来ちゃ駄目かな」

「おまえが？　どういうことだ？」

「先生の食事を作りに来るんだよ、私が。これでもけっこううまいのよ。うちのお父さんなんか、私が料理すると大喜びするんだから」

有紀がこのキッチンに立っている姿が、鮮やかな映像となって俺の脳裏に広がった。そんなことができたら、どんなにいいだろう。だが、絶対に無理なのだ。有紀とは別れなければならない。

「ねえ、いいでしょう？　毎日とは言わないからさ。せめて週末くらい、私にご飯を作らせてよ」

「ありがとう。うれしいよ、おまえの気持ちは」

「何よ、気持ちはって。駄目だってこと？」

有紀が唇をすぼめ、拗ねた顔になった。こんな表情も、いまの俺にはかわいく思えて仕方がない。

「おまえにずっと話そうと思ってたことがあるんだ。聞いてくれるか?」

「も、もちろん聞くけど……」

有紀が不安そうな表情を浮かべた。かわいそうだが、いずれ通らなければならない道なのだ。

俺はコーヒーを二つのカップに注いだ。弓子と使っていたペアカップは、あえて避けた。来客用のものにする。

向かい合うのではなく、俺は有紀の隣に座った。彼女の髪から、なんとも言いようのない、いい香りが漂ってきた。思わず抱きしめてしまいたくなったが、なんとかこらえた。

俺たちはカップを持ちあげ、かちんとぶつけ合った。乾杯の真似事だ。

有紀はソファーから腰をわずかに浮かして、さらに俺に体を近づけてきた。俺の左脚と有紀の右脚が、ほとんど接触している状態になった。心ならずも、俺は興奮してしまった。股間に血液が集まってくる。

駄目だ、駄目だ。ちゃんと話さないと……。

ひと口すすっただけで、俺はカップをテーブルに戻した。有紀も同じようにする。

「実はな、樋口のことなんだ。ほかのクラスだけど、あいつが休んでること、知ってるかい?」

「うん、なんとなく。白石くんと牧野くんが殺されたじゃない? そういえば、いつも一緒にいた樋口くんの顔も見てないな、って」

「樋口は俺が半殺しにしたんだ」

「半殺し? 先生が?」

有紀はさすがに驚いたようだった。無意識のうちの行動なのか、両手で俺の左腕をかかえ込むようにする。

二の腕に乳房のふくらみを感じ、俺はうろたえた。だが、もちろん欲情している場合ではない。いまは有紀に事実を伝えなければならないのだ。

「瀕死の重傷を負って、樋口はある病院に入ってる。命を取り留めるかどうか、五分五分ってところだそうだ。もしかしたら俺は殺人犯になってしまうかもしれない。殺意はなかったし、罪状は傷害致死ってところだろうけどな」

「先生のせいじゃない」

有紀が、はっきりとした口調で言った。

「弓子先生、あの三人に殺されたんでしょう？　先生には復讐する権利があるわ。だから、絶対に先生は悪くない」

「俺だって、それほど悪いことをしたとは思っちゃいない。でもな、日本の法律では復讐なんて認められてないんだ。樋口が死ぬにしろ生き残るにしろ、俺は罪を償わなくちゃならない」

「償うって、どうするの？」

「刑務所に入ることになるだろうな」

有紀はびくんと体を震わせ、両腕に力をこめた。俺の二の腕を、いっそう強く自分の乳房に押しつける。

「実行犯かどうかはともかく、樋口は弓子を殺した犯人の一人だ。多少の情状酌量はあるだろうが、命に関わるようなけがを負わせたんだ。執行猶予は無理だろう」

「なんで？　先生は何も悪いことしてないのに、どうして刑務所なんかに入らなくちゃいけないの？」

いつの間にか、有紀は涙声になっていた。

俺は有紀の腕をほどき、左腕を彼女の肩にまわした。そっと抱き寄せる。

「それが法律ってものなんだよ、有紀。相手がどんな悪人であろうと、殺しちゃまずいんだ。人は人を殺しちゃいけない。たとえ生き残ったとしても、樋口は死にかけたんだ。俺もさすがに、ちょっとやりすぎたな、とは思ってる」

「先生、愛してたんだね、奥さんのこと」

唐突な有紀の言葉に、俺はハッとなった。弓子を愛していたから、復讐の意味で樋口を痛めつけた。有紀はそう思っているのだろう。

もちろん、そういう面がなかったとは言わない。だが、樋口に暴行を加えた直接の原因はご隠居の気持ちを考えたからだったし、もっと言えば、最後の一撃を食らわせたのは、有紀が牧野と付き合っている、と樋口が口走ったせいなのだ。嫉妬心が高じた結果だ。

それだけ俺が有紀に惹かれていたということなのだろう。とはいえ、これは言わないほうがいいな、と判断した。いずれ有紀とは別れなければならないのだ。まだ十七歳の有紀に、心の負担を押しつけるわけにはいかない。

「私、負けないよ」

俺は首をかしげた。

「弓子先生には負けないって言ったんだよ。いまはまだ無理かもしれないけど、私もいつか、先生にすごく思ってもらえるようになる。もし私が殺されたら、先生が犯人を殺そうって考えるくらいに」

胸にぐっと来る言葉だった。有紀を抱きしめたくなったが、今度もなんとかこらえた。耳もとに口を近づけ、一語一語、噛みしめながら言う。

「よく聞けよ、有紀。俺は間もなく自首をする。裁判があって、結局は刑務所に入ることになるだろう。期間はわからないが、もし樋口が死んだりすると、かなり長くなる可能性もある。当然、学校は辞めなくちゃならない」

神妙な顔つきで、有紀は聞いていた。そんな表情にさえ、俺はいとおしさを覚える。

「刑務所から出てきたとしても、俺は前科者だ。うちの学園じゃなくても、もう教師には戻れないだろう。犯罪者を雇ってくれる学校なんか、どこにもないからな」

「でも、仕事くらい探せるよね」

「ああ、もちろん。幸い、体力には自信がある。肉体労働でもなんでも、俺はやるつもりだ。汚い仕事もへいちゃらだ」

深刻な話をしているときに、突然、有紀がくすっと笑った。

「どうした、有紀」

「おかしかったんだよ、へいちゃらって言葉が。ちょっと古いんじゃないかな」

俺は少し救われた気分になった。もう有紀もわかってはいるだろうが、これから正式に別れを切り出すのだ。重々しい気分で、話したくはない。

置きっ放しになっていたコーヒーを、俺は喉に流し込んだ。あらためて有紀の肩を抱き寄せる。

「そういうわけだから、わかるな?」

「えっ、何が?」

有紀はきょとんとした。へいちゃらで笑ったせいか、深刻な表情は消えている。

俺は一つ、咳払いをした。

「もうじき刑務所に入って、出てきても俺は無職で前科一犯だ。当然、おまえと付き合ったりできるわけがない。だから、いまここで……」

「見くびるんじゃないわよ、先生」

俺の言葉をさえぎって、これまでに聞いたこともないような大きな声で有紀が叫んだ。

「私の気持ち、ちゃんと考えたことがある? 本気なんだよ、先生。私、本気で先生が好きになったんだ。一生、先生と一緒にいたいと思ってる。先生だって言ってくれたじゃない。私のことが好きだって」

「そ、そりゃあ好きだけど……」

「だったら、それでいいじゃない。前科一犯なんて、気にすることないよ。そんな人、世の中にいくらでもいるんだから。仕事が見つからなかったら、私が働けばいいんだし。ねっ、そうでしょ?」

いつの間にかあふれ出た涙で、有紀の顔はぐしゃぐしゃだった。それでも一生懸命になって、俺に話しかけてくる。

「うれしいよ、有紀。おまえの気持ち、ほんとにうれしい。だけど、考えてもみろ。俺のこと、ご両親にどう説明するんだ？　生徒を半殺しにして、刑務所に入ったなんて男を」

「関係ないよ、うちの親のことなんて。そりゃあ反対するだろうね。でも、そのときは私が家を飛び出せばいいだけの話じゃない。私、負けないよ。先生のためなら、なんだってできる。いざとなったら、風俗で働いたってかまわないし」

「有紀、おまえ……」

話はあまりにも突飛だったが、俺は十分に胸を打たれていた。有紀に対する思いが、いちだんと強くなっている。

「待ってるよ、先生。私、先生が出てくるまで、一人でちゃんと待ってる」

「ああ、有紀」

とうとう我慢できなくなって、俺は有紀を抱きしめた。唇を重ね、舌をからめ合う。

有紀は俺の右手を取り、自らの下半身に導いた。俺の手が、開かれた内ももの間に置かれる。

俺はしっかりとした意思を持って、有紀のふとももを撫でまわした。すばらしい手ざわりだった。もはや弓子のふとももを思い出すことはなかった。愛するたった一人の女性である有紀のふとももに、俺は手を触れているのだ。

有紀は俺の手を、さらに奥へと押し込んだ。指先がパンティーに触れる。

「抱いて、先生」

唇を離した瞬間、有紀がつぶやいた。

「いや、でも……」

「お願い。たとえ先生が刑務所に入っても、私、しっかり待ってるから。だから、寂しい思いをさせないで。私の体に、先生の印を残していって」

俺の胸に、ずっしりと響く言葉だった。いいんだろうか、という疑問がなかったわけではない。十七歳の女の子を残して、俺は刑務所に入るのだ。それでも、俺の心は決まった。待っていてもらおう、という気になっている。

「欲しいよ、有紀。俺、おまえが欲しい」

「ああ、先生」

ふたたび唇を重ねながら、俺は右手に力をこめ、パンティーの上から有紀の秘部に指を這わせた。

第八章　決着

1

土曜、日曜と丸二日間、俺は有紀と二人きりですごした。とうとう有紀を抱いてしまった。有紀の望みどおり、彼女の体に俺の刻印を残したのだ。

日曜日は、有紀の提案で遊園地へ行った。これまではだれかに見られたらまずいと思っていたが、この日ばかりは人目はいっさい気にしなかった。刑務所に入ることで中断はするが、これからずっと一緒に生きていこう、と俺たちは決めたのだから。

もちろん、思いどおりにいくとは限らない。有紀の両親という難敵が待ち構えているし、前科一犯になった俺がなかなか仕事に就けなかったりしたら、有紀自身がいやになってしまう可能性だってある。

それでも月曜日の朝、これまでに経験したことがないほど爽快な気分で、俺は学校に向かった。有紀の体で欲望が満たされたこともあるのだろうが、もちろんそれだけではない。有紀と二人で歩いていこうという思いが、しっかり固まったせいに違いない。

それにしても、金曜日の夜から二日以上、警察が何も言ってこないのは不思議だった。弓子のことではない。牧野や山沢が殺された件で、必ず事情聴取はされるだろう、と三澤に言われていたからだ。

俺の胸に、あらためて三澤に対する感謝の念が湧いてきた。与党の幹事長なのか、あるいはそれに近い人間が書いた筋書きでは、俺はすでに死んでいるはずだったのだ。しかも、四人を殺した犯人という汚名まで着せられて。

ため息をつきつつ、俺が学園の駐車場に車を乗り入れると、予想どおりと言うべきか、有紀が待ち受けていた。にっこりほほえみながら近づいてくる。

「おはよう、先生」

自転車置き場が近いため、ほかの生徒たちの目もある。さすがに抱き合ったりはできなかったが、俺たちはしっかりと視線を交わし合った。

「おはよう。予習、ちゃんとしてきたか」

「うん。きのうの晩、ずっと数学やってた」

「そうか。四時限目に会おうな」

有紀はこっくりとうなずき、魅惑的な笑みを残して走り去った。スカートの裾からあらわになった白いふとももが、いちだんと魅力的に見えた。頬がゆるみそうになったが、すぐに気を引き締め直した。俺はきょう、自首するのだ。

数学教官室に入っていくと、先に来ていた北野が、さっそく声をかけてきた。

「大変だよ、狭間先生。理事長、立候補できなくなったんだそうだ」

「そうなんですか」

「与党のほうの方針が変わったらしくてね。もう一期、都議をやってからってことになったらしい。朝から大騒ぎだよ、校長室は」

どうやらこれが身体検査の結果のようだった。筋書きどおり、俺が四人を殺して自殺という形になっていれば、倉本はめでたく与党から比例代表のメンバーとして立候補することができたのかもしれない。

俺が殺されそうになったこと、理事長はほんとうに知らないいんだろうか？

本人の知らないところで上が動いたはずだ、と三澤は言っていたが、俺にはまだ半信半疑だった。倉本を国会に送り込むために、牧野、山沢の二人が殺されているのだ。山沢の件については、まだニュースにもなっていない。

「それにしても、死にすぎだよな、人が」

北野がぽつりとつぶやいた。妻の弓子に端を発して、白石、牧野、そして記者の山沢が命を落とした。確かに死にすぎだが、北野はまだ山沢のことは知らないはずだ。

「狭間先生には気の毒だけど、やっぱり連続殺人って感じがしてくるよな。弓子先生が亡くなったあと、続けて生徒が二人も殺されたんだから」

「俺が殺した、って言いたいわけですか」

「そ、そんなこと言ってないよ、狭間先生。ぼくはただ、状況が連続殺人のようだと言っただけで……」

北野はしどろもどろになった。気まずさを感じたのか、俺から目をそらし、机の上の参考書を眺めだす。

まあ、いいさ。この人とも、もうじきお別れだ……。

俺がやっと机の前に座ったとき、かなり乱暴に入口のドアが開けられた。ノックもなしだった。新都心署の竹村が、仏頂面をして入ってくる。

こうなることは俺も予想していたから、特にあわてなかった。つかつかと歩み寄ってきた竹村と、座ったまま正面から向かい合う。桐ヶ谷は一緒ではなかった。初めて見る若い刑事が、竹村に寄り添っている。

「なぜわれわれがここへ来たか、おわかりですよね」

慇懃無礼を地で行くやり方で、竹村が言葉を発した。

「さあ、なんでだろうな。できれば俺はもうあんたの顔なんか見たくないんだが」

「そうはいかないんですよ、狭間さん。木曜日のアリバイ、崩れたんです。あなたは山木会の三澤と恵比寿の『駒ヶ岳』にいたって話だったが、店には三澤本人さえいなかった。これはもうはっきりしてるんです」

「なんだ、バレちゃったのか」

俺がとぼけた口調で言うと、竹村がカッとするのがよくわかった。額の皺を倍ぐらいに増やし、キッと俺を睨みつけてくる。

「冗談を言ってる場合じゃないんですよ、狭間さん。アリバイがなくなった以上、あなたはもう重要参考人だ。いや、犯人と言ってもいい」

　俺は一つ、深呼吸をした。

「いい加減にしてくれよ、おっさん。俺にだってプライバシーってものはある。どこで何をしていたか、言いたくないことだってあるんだ。あの晩のことは、あんたなんかに喋りたくなかった。ただそれだけの話だ」

「それじゃ済まないんですよ。いいですか、これは殺人事件の捜査なんです。あなたは新宿中央公園で牧野を撲殺した。それだけじゃない。大して離れてもいない代々木公園で、今度は雑誌記者の山沢を刺殺した。そうなんでしょう？」

　そうか、牧野は殴り殺されたのか。山沢は刺されたってことだから、三澤さんの言うとおり、それぞれ別のやつが担当したんだろう。でも、犯人は俺。何か残してるんだろうな、俺が殺ったって証拠を……。

「黙っていても何も変わりませんよ、狭間さん。われわれはしっかり見つけてるんですから。あなたが犯人だって証拠をね」

「ふうん、そうなんだ。いったいなんなのかな、それは」

「時計ですよ。あとは万年筆」

　ああ、なるほど、と俺は思った。そういえば何日か前から、いつも使っていた腕時計と万年筆が見当たらなかった。両方とも弓子からのプレゼントで、しっかりと名前入りだ。

　遺書用のサイン同様、田所あたりが持っていったのかもしれない。大した物証ではないはずだが、俺が自殺していれば、十分な証拠として採用されたに違いない。

「確かに俺のものなんだろう。だがな、おっさん。俺のものだからといって、俺がそこに置いてきたとは限らないぞ」

「き、貴様、まだそんなことを言ってるのか」

竹村は、いまにもつかみかかってきそうな勢いになった。

俺はもう覚悟ができていた。三澤と約束した以上、あの晩のことは死んでも話さない。となれば、アリバイは永久に成立しないのだ。いったん警察に連れていかれることは、避けられそうもない。そこでそのまま樋口の件で自首をする、という手もある。

「ここでは話にならん。同行していただけますね、狭間さん」

「ああ、かまわないよ。無駄だと思うがね」

「無駄？」

「あんたはともかく、日本の警察は優秀だからね。いずれ真犯人がつかまる。俺に関しては証拠不十分だし、あんたはこの件で俺を逮捕なんかできっこない」

樋口の件でなら別だが、とは言わなかった。もう少し気を持たせてやってもいい。

竹村の顔が紅潮してきた。怒り心頭、という感じだ。

「あきらめなさいよ、狭間さん。それこそ無駄な抵抗ってもんだ。状況証拠だけだって、十分に公判が維持できる場合がある。今回が、まさにそれなんだよ。奥さんが殺された件だって、私はまだあなたを……」

「そこまでだ、長さん」

いきなり竹村の背後から声がかかった。顔をあげると、いつの間にか教官室に望月が入ってきていた。後ろに桐ヶ谷の姿も見える。

竹村は、うんざりしたように望月を見た。

「いい加減にしていただきたいですね、係長。あなたがしっかり捜査をしないから、私が代わりにやってあげてるんじゃないですか。犯人はこの男ですよ。少なくとも、牧野と山沢を殺したのはね。狭間弓子が殺されたのだって……」

「だから、そこまでだって言ってるだろう。あんたこそ、いい加減にしとけよ、長さん」

望月の口調は、これまでになく厳しいものだった。

圧倒されたように、竹村は口をつぐむ。

「二件とも、犯人が自首してきたんだ」

「自首？」

「ああ。チンピラみたいな連中だが、供述はしっかりしてる。まず間違いないだろう」

「いや、しかし現場に遺留物が……」

「あんなもの、持っていればだれだって置ける。どうも狭間先生の仕業だってことにしたかった人間がいるようだ。まさかあんたじゃないだろうな、長さん」

からかうような口調で、望月が言った。

竹村の顔が、これまで以上に赤くなる。

「じょ、冗談はやめてくれ。いくら上司でも、言っていいことと悪いことが……」

「とにかく、先生は関係ない。ここは私に任せて、長さんはもう帰ってくれ」

竹村は、なんとも表現のしようのない表情を浮かべた。あえて言うなら、半泣きというところだろうか。

何か言おうとしたようだったが、結局、言葉にはならず、竹村は若い刑事を連れて教官室を出ていった。

2

「ほんとうに申しわけありませんでしたね、狭間先生」

桐ヶ谷と一緒になって、望月が頭をさげてきた。

「いや、べつに。もう慣れましたよ、あの刑事さんの暴走には」

「そう言っていただけると、私も気が楽になります」

望月の言葉が終わったところで、予鈴としてのチャイムが鳴った。この学校のホームルームは、二時限目と三時限目の間に設けられている。一時限目だけは、開始の五分前に短いチャイムが鳴るようになっているのだ。

俺は空きだが、北野は一時限目から授業があるようだった。教科書とチョーク箱を持って席を立つ。

その北野に向かって、意外にも望月が声をかけた。

「北野先生は、行かなくてけっこうですよ」

「は？　何を言ってるんですか、刑事さん」

「もう手配しました。三年A組の授業は教頭先生がやってくださるそうです」

北野はびっくりしたというよりも、怒りに満ちた表情を浮かべた。

俺は首をかしげた。意味がわからない。

「荷物を置いてください、北野先生。あなたには署までご同行いただく」

「署まで？」

これは俺のせりふだ。

北野のほうは、先ほどの竹村以上に顔面を赤くしている。

「わけのわからないことを言わないでくれ、刑事さん。どうしてぼくが警察なんかへ行かなくちゃならないんだ？」

「もちろん取り調べですよ。まだ任意ですが、逮捕状だって取れないことはない。証拠は十分に揃ってますからね」

ここまで言われても、俺にはなんのことだかわからなかった。

北野のほうは、望月の言っている意味は理解できているようだった。反論を開始する。

「刑事さん、このあいだ申しあげましたよね。どうしてぼくの手に、そういう繊維がついていたかってことについて」

「ええ、お聞きしましたよ」

「だったら何も問題はないでしょう」

「さあ、どうですかね」

気づくと北野の手が震えだしていた。怒りに震えているのか、あるいは何かを恐れて震えているのか、俺には判断がつかなかった。なにしろ、望月と北野が何について話しているのかさえ、俺にはさっぱりわからないのだ。

「刑事さん、まさかここでもう一度、あの話をしろって言うんじゃないでしょうね」

「必要ありませんが、したければどうぞ」

「あなたには良心ってものがないのか。狭間先生の前で、あんな話をしろだなんて」

「だから、する必要はないって言ってるじゃないですか。あなたが狭間先生の奥さんと不倫をしていたから、手に下着の繊維がついていた、なんて話はね」

俺はぎくりとした。手についた繊維のことは、桐ヶ谷が話してくれた。そこが突破口になりそうだ、と望月も言っていたらしいのだ。三人の生徒以外の手からも、弓子が着ていた衣服の繊維が見つかった、という話も聞いている。それが北野だというのだろうか。

そんなことよりも、問題は北野の発言だった。彼は弓子と不倫をしていた、と警察に話したらしいのだ。

俺は立ちあがった。

「北野先生、本気で言ってるんですか」

「狭間先生には悪いことをしたと思ってるよ。でも、事実だ。いろいろ相談を受けているうちに、そういうことになってね。弓子先生とぼくは付き合ってた」

「いつからですか」

「うーん、そんなに長くはないよ。せいぜい半年ってところかな」

死んだ弓子への未練は、ほとんどないと言ってもよかった。

自分の男としての小ささはよくわかるし、冷たい人間だと思われそうだが、やはり俺は生徒と寝た弓子が許せないのだ。

だが、北野の言葉は衝撃的だった。三年生の坂本との場合は、それなりに事情があったと言えなくもない。だが、弓子がこの男と関係していたとなると、夫である俺への完全な裏切りということになる。

「そんな話、信じちゃいけませんよ、狭間先生」

声をあげたのは望月だった。

顔をいちだんと引きつらせて、北野が言う。

「ぼくだってこんな話はしたくなかった。だけど、刑事さんがぼくを警察へ連れていくなんて言うから……」

「じゃあもう一度、聞きましょうか。あの日、どうしてあなたの手に繊維がついたのか」

「だから、昼休みですよ。ぼくは昼休みに、弓子先生と会ってたんだ。この階にある視聴覚教室でね。学校で会うときは、いつもあそこを使ってたんです」

望月が鼻を鳴らした。馬鹿らしい、とでも言いたげな態度だ。

「会って何をしたんですか、狭間先生の奥さんと」

「そこまで言わせるんですか」

「あなたが無実だって言うのなら、ちゃんと話してもらわないとね」

北野は大仰にため息をついてみせた。それでも、手の震えは止まっていない。

「抱き合いましたよ、しっかりと。ときにはもう少し進むこともあるが、あの日はお互いに時間がなくてね。それでも、手をスカートの中に入れましたよ。そのときについたんでしょう、下着の繊維が」

望月がふっと息を吐いた。

「無理なんだよ、北野。おまえの言ってることには、無理があるんだ」

とうとう呼び捨てになった。望月は北野に蔑みの視線を向けている。

「な、何が無理だって言うんだ？」

「あんたの手についていたのは、ストッキングの生地だったんだ」

「それのどこが無理なんだ？　弓子先生は、いつもちゃんとパンストをはいてた。ぼくは股間に指を押し当てたんだ。ストッキングの生地がついてもおかしくはないだろう」

北野は小鼻をふくらまして反論した。相変わらず手は震えたままだ。

ひと呼吸おいて、望月が言う。

「あんた、いつ狭間先生の奥さんと会ったって言った？」

「何度も言わせるな。昼休みに決まってるだろう」

「ほう、昼休みか。あの日、彼女が担当してた授業、知ってるか」

北野が首をかしげた。

俺にも質問の意図がわからなかった。

望月は、いちだんと厳しい表情になる。

「よく聞けよ、北野。彼女は二時限目の一年B組、三時限目の三年C組、それから五時限目の二年D組。この三つの授業を担当してたんだ」

「それがどうした。関係ないだろう、彼女が受け持ってたクラスなんて」

「関係大ありなんだよ。いいか、北野。彼女は体育教師だ。学校へ来たときのままの服装で授業をするわけじゃない。体操着に着替えるんだ」

「あ、当たり前だろう、そんなこと」

言い返してはいるものの、北野の言葉から、明らかに力が消えた。

俺にもなんとなく、望月の言いたいことがわかってきた。

「さすがのおまえも気づいたんじゃないか？　そうだよ、北野。彼女は二時限目の前に体操着に着替えて、最後の授業が終わるまでそのままの格好でいたんだ。これはもう確認できてる。つまり、昼休みに彼女はスカートなんかはいてなかった。当然、パンストもな」

一瞬、教官室に沈黙が流れた。それを破るように、望月が続ける。

「おまえの手にパンストの生地がついたのは放課後だ。もっと言えば、パンストを使って彼女の首を絞めたとき、ってことになる」

「あ、あ、あ……」

北野は何か言おうとしたようだったが、言葉にならなかった。手から教科書とチョーク箱がすべり落ち、大きな音をたてた。彼はがっくりと椅子に座り込む。

「彼女がいけないんだ。弓子先生が」

「何を言ってるんだ、おまえ。殺しておきながら」

「だって、ひどいじゃないか。生徒には、やらせたんだぞ。三年の坂本はまだいい。二年生の三人にも、彼女はちゃんとセックスをさせたんだ。それなのに、どうしてぼくは駄目なんだ?」

俺は立ちあがった。左手で、北野のスーツの襟をつかむ。

「てめえ、ふざけるなよ。そんな理由で弓子を殺したのか」

「そ、そんな理由だと? 冗談じゃない。ぼくは馬鹿にされたんだ。三人の二年生には抵抗もせずにセックスをさせておいて、ぼくにはなんて言ったと思う? あなたには抱かれる理由がありませんから。そう言ったんだぞ」

無意識のうちに、俺は右手を出していた。平手で北野の左頬をひっぱたく。

背後から、だれかが俺を羽交い締めにしてきた。桐ヶ谷だった。

「狭間先生、そこまでにしておきましょう。あとはわれわれが。ねっ、先生」

俺はうなずいて、北野の襟から手を放した。唾を吐きかけてやりたい気分だったが、なんとかこらえた。

望月がさらに言う。

「わかってるな、北野。もう一件のほうも、しっかりバレてるぞ」

俺は意味がわからなかったが、北野は言い返さなかった。うなだれたままだ。

「白石を殺ったのもおまえだな」

「白石？」

さすがにびっくりして、俺は問い返した。そういえば、白石が殺されたことをきっかけにして、俺を犯人に仕立てあげる計画が決まった、と三澤は言っていた。白石殺害の犯人は、わからないままだったのだ。

力なく首を振りながら、北野が口を開く。

「あいつ、脅してきやがったんだ」

「白石は見てたんだな。おまえが狭間先生の奥さんを殺すところを」

望月の言葉に、北野はうなずいた。

「黙っていてほしければ、まず百万円持ってこい。あいつ、そう言ったんだ。まず、だぞ、まず。金持ちの坊っちゃんのくせに、これからもずっとぼくを恐喝する気だったんだ」

「だからって、殺す理由にはならん。とんでもないことをしたな、北野」

北野はうつむいたままだった。

「おい、連れていけ」

望月に命じられ、桐ヶ谷が北野を立たせた。そのまま引っ立てていく。

ドアのところで、北野が振り返った。俺に向かって言う。

「狭間先生、もとはと言えば、あんたが悪いんだ」

「俺が？」

「あんた、ほんとに弓子先生を愛してたのか？　いずれ離婚することになると聞いてはいたが、彼女が死んですぐに、野島と抱き合ったりして。もともと付き合ってたんじゃないのか、野島と」

突然、一つの疑問が氷解した。竹村が持っていた写真だ。駐車場で、俺と有紀が抱き合って頬をこすり合わせているところが写っていた。どうやらあれは北野が撮ったらしい。離婚の話も、竹村は北野から聞いたのだろう。

「俺が有紀を意識したのは弓子が死んでからだ。あんたに文句を言われる筋合いはない」

「でも、愛する女が死んだら、普通はそんなことはできないだろう。やっぱり弓子先生には、ぼくのほうが合ってたんだ。あんたが入ってくるまで、ぼくたちは仲良くやってたんだからな」

「ちょっと待てよ。弓子がここの教師になったとき、あんたはもう結婚してただろうが」

「関係ないさ、そんなこと。ぼくは弓子先生を本気で好きになったんだ。妻と別れて、彼女と一緒になるつもりだった。それなのに、それなのに……」

「いい加減にしておけ、北野。見苦しいぞ」

一喝したのは望月だった。

肩を落とした北野を、桐ヶ谷が廊下に連れ出していく。

「いやあ、申しわけなかったですね、狭間先生。ずいぶん時間がかかってしまって」

望月の言葉で、俺はハッとわれに返った。あまりにも意外な展開に、頭がついていけなかった。まだぼうっとしている。

「びっくりですね。北野先生が弓子だけじゃなくて、白石まで殺していただなんて」

「白石のほうは、すぐにわかったんです。白石の爪に、皮膚の組織が残ってましたんでね。調べませんでしたが、北野は包帯をしてたでしょう？　いずれＤＮＡ鑑定をして、はっきりさせることになります」

俺はうなずいた。

「奥さんのほうは、鑑識のお手柄です。やつらが痴漢捜査の手法を使おうって言い出さなければ、もっと手こずっていたかもしれません。ストッキングの繊維ってやつが、けっこう残りにくいものらしくて。それでも、ちゃんと見つけてくれましたよ、うちの鑑識が」

俺の体から、一気に力が抜けた。立っていることができず、崩れるように椅子に座る。

「狭間先生には、またあらためてご挨拶にうかがいます。きょうはこれで」

お辞儀をして出ていこうとする望月を、俺は呼び止めた。

「望月さん、あの……」

「なんでしょうか」

自首しなければ、と俺は思った。せっかく向こうから警察が出向いてくれたのだ。弓子の事件も解決した。自首のタイミングとしては完璧と言ってもいい。

だが、次の言葉が出てこなかった。

「ど、どうも、お世話になりました」

「いえいえ、こちらこそ。いろいろご迷惑をおかけしました」

望月はあらためて頭をさげ、今度こそほんとうに出ていった。

自首をためらったのには理由があった。四時限目に、二年A組の授業がある。もう一度、有紀の顔を見ておきたかったのだ。警察へ行くのは、放課後でも遅くはないだろう。

無意識のうちに、俺はため息をついていた。呆気ない幕切れだった。意外な結末ではあったが、弓子は北野に殺されたのだ。俺が犯人と決めつけていた三人の生徒たちは、殺人にはまったくからんでいなかったことになる。

それでも、彼らを疑ったことを後悔するつもりはなかった。状況的に、どう考えてもあいつらが犯人だとしか思えなかったのだ。実際、弓子は彼らにレイプされていたのだし。

俺はハッとした。胸ポケットで、携帯電話が震えていた。取り出してみると、モニターに三澤の名前が出ている。

「はい」

——ああ、先生。いま授業中ですか。

「いえ、俺は空いてます」

——それはよかった。いや、実はご隠居から連絡がありましてね。今夜、先生の慰労会をしようってことになりまして。

「慰労会？」

そういえば、大滝とはずっと会っていなかった。樋口がどうなったのか、詳しいことはまったく聞いていない。

――奥さん殺しの犯人も、捕まったらしいじゃないですか。

「情報が早いですね、三澤さん。たったいまですよ、北野って教師が警察に連れていかれたのは」

――蛇の道はヘビでしてね。で、どうですか。七時くらいから『ラーク』で。

ほんとうは、放課後には自首するつもりだった。俺は甘いのだろうか。もう少し延ばしてもバチは当たらないだろう、という気になっている。

「俺はかまいませんよ」

――きょうは貸し切りにするそうです。

「貸し切り？」

――まあ、いいじゃないですか。先生、ほんとうに苦労されたんだから。

苦労したのかどうかは疑問だった。だが、通常では経験できないことばかりが続いたことは確かだ。四人を殺して自殺。俺にはそんな筋書きが用意されていたのだから。

――いいですね、七時で。

「はい。じゃあ、お店で」

電話を切った俺は、弓子が死んでからの出来事を、順番に頭に思い描いてみた。とても授業の予習をする気分ではなかった。

3

北野が逮捕されたことで学校中が大騒ぎになったが、俺にはもう関係のない話だった。あとは警察がきちんと捜査して、検察が起訴するだけだ。

六時限目の授業が終わると、俺は早退した。学校を出たところにあるコンビニ前で待ち合わせて、有紀を家に連れ帰った。放課後には自首するつもりだったが、結果として少し延ばしたので、最後の時間を二人ですごそうと思ったのだ。

俺のために、有紀は早めの晩ご飯を作ってくれた。肉野菜炒めと味噌汁。シンプルな食事だったが、俺には十分すぎる心尽くしだった。刑務所に入っている間、俺は何度となくこの味噌汁の味を思い出すに違いない。

「私、待ってるからね」

別れのくちづけのあとで、目に涙をいっぱいに溜めながら有紀は言った。一瞬、自首などやめてしまおうか、とも考えたが、そういうわけにはいかなかった。樋口が死ぬにしろ生き残るにしろ、俺は彼に暴行を加えたのだ。罪は償わなければならない。

午後七時。『ラーク』には、マスターの山木のほかに五人が集まっていた。三澤、大滝、俺。それに村井一馬、沙絵子の夫妻だ。村井は新宿区の職員で、一年前にここで知り合った。妻の沙絵子は新都心署の生活安全課長をしている。

それぞれが好きな酒を山木に作ってもらい、乾杯したところで、最初に口を開いたのは村井だった。

「まず先生に、沙絵子の独り言を聞いてもらおうかな」

「独り言？」

意味がわからずに、俺は首をかしげた。

俺に向かって、沙絵子がにっこりほほえみかけてくる。

「先生、ほんとうに大変だったわね。奥さんのこと、あらためてご愁傷様」

「ありがとうございます」

「望月のほうから連絡があるでしょうけど、あんまり詳しくは話せないだろうし、捜査のこと、私の聞いた範囲でお話ししておくわね。もちろん、これは警察官としては禁止事項。だから、私の独り言だと思って聞いてほしいの」

なるほど、それで独り言なのか、と俺はうなずいた。捜査の状況は、もちろん詳しく知っておきたい。冴子の配慮には、心から感謝したくなる。

「事件当日、樋口が奥さんを呼び出すところを、北野は見ていたらしいわ。授業が終わったらダンスルームに来い、って言われたんでしょうね、奥さん。放課後になって、北野は奥さんの跡をつけたのよ。そこで見ちゃったのね、樋口と奥さんがセックスするのを」

「抵抗しなかったんでしょうか、弓子は」

「北野の言葉を信じれば、少し揉み合いはあったものの、すんなり抱かれたみたいよ。三年生の坂本って生徒のことを言われて、仕方なく応じたんじゃないかしら。北野が驚いたのは、時間を置いて、次々に三人の生徒が現れたことだったそうよ。みんなしっかり奥さんを抱いていったらしいわ」

坂本の件では弓子を許す気になれなかったが、三人の相手をさせられた弓子の心情は、察するに余りあった。どう考えても、望んでしたセックスではないのだ。

「三人目の白石がことを終えて立ち去ったところで、北野は奥さんの前に出ていったんですって。いまでも好きだ、とか言いながら。でも、奥さんの気持ちを考えたら、反応はわかるわよね。見ていたくせに、どうして助けてくれなかったんだ、って激しく責められたそうよ」

「当然でしょうね」

「それでもめげずに、北野は迫ったらしいわ。ずっと好きだったんだから、一度ぐらい、そういうことがあってもいいんじゃないか、って。でも、奥さんはきっぱり拒絶したのよ。あなたには抱かれる理由がありませんから、ってね」

弓子がそのせりふを言っている姿を、俺は鮮明に思い浮かべることができた。

意に沿わないセックスをさせられ、精神的にも肉体的にもずたずたになっていた弓子のところへ、自分の欲望を満たすことだけを目的にして、北野が迫ってきたのだ。そんな北野を、弓子は軽蔑しきっていたに違いない。

「北野はかちんと来たようで、無理やり、ってことになったのよ」

「ちょっと待ってください。北野もセックスをしたんですか、弓子と」

一度、夫のほうを向いてうなずき合ってから、沙絵子は答えた。

「屍姦だったそうよ」

俺は絶句した。屍姦。つまり、北野は弓子を絞め殺したあとで、その体を凌辱したのだ。

「とんでもねえやつだよな、北野って野郎は。ほんとうならなぶり殺しにしてやりたいくらいだが、とにかくこれで、あいつの人生は終わりだ。もったいないよな。せっかく恵まれた仕事をしていたのに」

ご隠居の言葉には、実感がこもっていた。俺も同感だった。根っからの理事長派だし、意見はまったく合わなかったが、北野は教師としては優秀だったのだ。俺など、まったくかなわない存在だったと言ってもいい。

沙絵子はグラスを取り、酒を飲み干した。すっくと立ちあがる。

「じゃあ、私はこれで。子供を迎えに行かなくちゃならないから」

「あっ、忙しいのに、ありがとうございました」

俺が言うと、小さく首を振って、沙絵子は店を出ていった。

美しい後ろ姿を、俺はうっとりと見送る。

「さて、ここからが本題だ」

大滝が口を開いた。

「先生、ほんとうにご苦労だったね」

「いえ、とんでもない。茜さんを自殺に追い込んだ三人は、みんな痛めつけるつもりだったんですけど、すみません、ご隠居。結局、樋口だけになってしまって」

自首すると決めてはいても、沙絵子の前では言えないせりふだった。彼女は警察官なのだ。俺のいまの言葉だけでも、暴行罪を疑わせるには十分と言える。

こういう話が自由にできるようにと考え、沙絵子は先に帰ったのだろう。

「単刀直入に言うよ、先生」

大滝が真剣な顔つきになった。

「はい」

俺の体に緊張が走った。樋口の生死は、俺の罪状に大きな影響を与える。覚悟はできているつもりだが、できれば生きていてほしい、という思いがある。

「樋口は無事だ」

「ほんとですか?」

思わず問い返してしまった。予想以上の安堵感がある。

「意識が回復するまでに三日もかかったから、どうなるかと思ったよ。でも、もう心配はいらない。とんでもなく元気になった。あのあとの状況を話してやったら、すっかりびびってるがね」

「あとの状況って?」

「白石と牧野が殺されたことさ。まず最初に聞いてきたのは、先生に殺られたのかってことだった。当然だよな。てめえは先生に殺されかけたと思ってるんだから」

俺は苦笑せざるを得なかった。本意でなかったとはいえ、俺は樋口に瀕死の重傷を負わせたのだ。ご隠居と三澤がいなかったらと思うと、また背中に冷や汗が流れる。

「先生は関係ないって、何度も言い聞かせた。おまえらを殺したがってる人間は、一人や二人じゃないってこともね。私もちゃんと名乗ったよ。おまえたちにレイプされて自殺した大滝茜の叔父だ、とね」

「どうでしたか、樋口の反応は」

「さあ、どう言ったらいいんだろう。私に殺されると思ったかもしれないな。なにしろ、やつは伝染病用の隔離部屋に収容されていたんだから。面会は禁止だし、医者である私の息子と看護師以外、基本的にはだれとも会うことができないんだ」

ここで三澤が話を引き取った。

「私も脅してやりましたよ。いま出ていったら、おまえは確実に殺される、ってね。治ったら出ていけと言ったら、震えてましたよ。まあ、あいつが先生を訴えたりする心配はないですね。親告罪ではありませんが、被害者がいないのでは罪に問えない」

「どういうことですか、三澤さん」

「先生は自首する必要なんかない、ってことです」

「いや、でも、俺は実際に樋口を……」

俺の言葉が終わらないうちに、村井が口を開いた。

「沙絵子の代わりに言わせてもらうが、警察だって暇ではないんだよ、先生。被害の訴えもないのに、捜査なんかしない。だいいち、樋口くんって生徒は自転車でころんでけがをして、休学中なんだろう？　暴行されたなんて話は、だれも知らない」

「前に話しましたよね。私が彼の実家へ行って、話をつけてきたって」

三澤があとを続けた。そうだった。俺のために、もちろんご隠居のためという前提なのだろうが、三澤はかなり骨を折ってくれたのだ。

「樋口本人とも話し合って、来年の三月まで休学させることにしました。そのころにはほとぼりも冷めるだろうって言ったら、納得してましたよ。体もすっかり元気になってるだろうし、普通の高校生に戻れるんじゃないですか」

「休学中は家に帰るってことですか、樋口は」

「いや、その点も本人と話し合いました。家では歓迎されないし、あまり人目にもつきたくないって言うんでね。うちらが一番得意な方法で、身を隠させることにしたんです」

「得意な方法？」

「マグロ漁船の話、知りませんか」

どこかで聞いたことがあるような気がした。借金ができてどうしようもなくなった人間が、マグロ漁船に乗せられるという話だ。ずいぶん長い間、陸にはあがらないため、他人の目は気にせずに済み、ある程度、金も返せるのだという。

「樋口を乗せるんですか、マグロ漁船に」

「まさか。さすがにそこまではしません。やつは借金取りから逃げてるわけでもありませんしね。

建設現場ですよ、僻地の」

「僻地の、建設現場？」

「いくらでもあるんです、そんなところが。借金に追い詰められた人間なら、喜んで行きますよ。荒っぽい男たちも多いが、樋口にはいい経験になるんじゃないかな」

何がなんだかわからないうちに、話はすっかり決まってしまったようだった。

それにしても、俺にとってはとんでもない好条件だ。樋口の件で罪に問われることがないのなら、いままでどおり教師を続けられることになる。とはいえ、もちろん疑問はある。

「いいんですかね、それで」

俺の問いかけに答えたのは村井だった。

「沙絵子のために言わせてもらうが、警察に余計な手間をかけさせないでくれよ、先生」

「余計な手間、ですか」

「先生だって、そのほうがいいだろう？　若くてすてきな彼女もできたみたいだし」

「えっ？　いや、それは……」

村井は大きな声で笑った。

「秘密にしてたつもりだったのかい？　甘いなあ、先生は。ご隠居が先生に見張りをつけてた話、三澤さんから聞いただろうに」

「え、ええ、確かに。でも、あれはもう前の話じゃないんですか」

「事件が完全解決するまで、警戒を解くはずがないだろう？　先生は、自殺に見せかけて殺されかけた人なんだから。全部わかってるよ。金曜と土曜、彼女が先生のマンションに泊まっていったこともね」

村井の言葉に、みんながうなずいた。どうやら今回のことについては、全員がちゃんと理解しているらしい。

村井が続ける。

「納得がいかないのはわかるよ、先生。三澤さんみたいな人たちが、世の中を牛耳ってるように見えたかもしれないしな」

今回の件は、みんなが協力して俺を助けてくれたわけだが、一番大きかったのは三澤の力だ。暴力団の組員に助けられることになるとは、想像もしていなかった。

「俺だって諸手をあげて賛成ってわけじゃない。暴力団にゴミ掃除をさせるようなやり方にはな。でも、ほかに方法があるかい？　三澤さんを見てれば、ヤクザにもこんなにものわかりのいい人がいるのか、って思うんだけど、当然、そんなのはごく一部だ。大部分は俺たちの手には負えない連中なんだよ」

村井の言葉には熱がこもっていた。手振りを交えて、さらに続ける。

「沙絵子の身内が言うべきことじゃないが、日本の警察は優秀だ。その気になれば、暴力団をつぶすことぐらい、わけなくできるだろう。だけど、そうなるとさっき言った手に負えない連中が、大挙して街に繰り出してくるんだ。どうなると思う？」

答えるまでもなかった。社会は大混乱に陥ってしまうだろう。

「命令系統がどうなっているのか、俺にはわからない。三澤さんだって、正確には知らないわけでしょう？」

村井が問いかけた。

「ええ、そのとおりです。うちらは上下関係が厳しいですからね。私たちは、上からおりてきたことをやるだけです」

「今回の件に関しては、先生の学校の理事長を守ろうとしてやったことだから、われわれとしても感心はできない。しかし、ほかに方法がないんだ。身体検査とかを、切り抜けさせる方法がね」

「切り抜けさせなければ、いいんじゃないですか」

俺はあえて反論した。

「過去にまずいことがあったから消さなくちゃいけないとか、そんなふうに考えること自体が間違いだと思うんですよ、俺は。だれだって、多少の傷は持ってます。傷のある政治家が、いたっていいじゃないですか。世間知らずですか、俺は」

確かに世間知らずなのだろうな、と自覚しながら俺は言った。もともと器用なほうではない。すべてを丸く収めるようなやり方は、俺には向いていないのだ。

「まあ、今回はこれでいいんじゃないのかな。先生は教師を続ければいいわけだし」

結論づけるように大滝が言い、この件は終わった。これ以上、俺としても何か言うつもりはなかった。ここを出たら自首するつもりだったというのに、なんとすっかり自由の身になってしまったのだ。

「先生、余計なことかもしれないが、一つ、いいですか」

　三澤が真剣な顔つきになって言った。

「なんでしょうか」

「このまま漆原学園にいても特に問題はないでしょうが、半年たてば樋口が戻ってくる。あいつと顔を合わせるのは、ちょっときつくないですか」

「まあ、仕方がないですよ。自分でやったことですから」

「すごく勝手な話なんですがね、私のほうでちょっと考えてみたんですよ。無双学館ってご存じですか。千葉にある、中高一貫の学校ですけど」

「知ってます。まだ新興だけど、頑張ってますよね、勉強もスポーツも」

　俺の大学時代の友人が一人、無双学館の高等部で化学の教師をやっている。男子校で校則が厳しいせいもあるのだろうが、いじめなどの問題はまったく起きていないのだという。

「その無双学館の理事長が、私の知り合いなんですよ」

「三澤さんの？　あの、どういったご関係なんでしょうか」

「はっきり言ってしまうと、彼はもともと総会屋だったんです。ただの総会屋じゃない。元締めみたいなことをやってました。私らも手伝ってましたんでね、株主総会に動員されたりして。まあ、そんな付き合いです」

　いろいろ聞かされてはきたが、暴力団というものが俺にはまだよくわからなかった。ただ、生き残るために、どんなものにも手を出している、ということだけはわかる。

三澤が続ける。

「もともと教育問題には熱心だったんですよ、彼は。中高一貫の学校だけじゃなくて、最終的には大学まで作るのが夢なんです。それにはまだ時間がかかるでしょうがね」

「無双学館が、いい学校だって話は聞いてます」

「実はね、いま高等部の教師を探してるらしいんですよ。来年の四月からってことになりますが、英語と数学で一人ずつ、欲しいんだそうです。できればベテランの人が」

「三澤さん、俺に仕事を紹介してくださるんですか」

驚きだった。三澤は暴力団の幹部なのだ。その三澤が、まさか俺に新しい就職口を見つけてきてくれるとは思ってもみなかった。

「先生なら、私も自信を持って推薦できる。緒方のところに監禁されていたときの度胸、大したもんでしたよ。感心しました」

「いや、とんでもない。内心、ぶるぶる震えてたんですから。三澤さんが来てくださらなかったら、どうなっていたか」

間違いなく死んでいただろう。三澤は俺にとって命の恩人ということになる。

「もちろん先生のお考え次第です。もしその気になったら、声をかけてください。いつでもご紹介はできますから」

「ありがとうございます。三澤さんには、もう頭があがらないな」

「何をおっしゃいますやら。先生をご紹介できれば、私の株があがるんです」

三澤は満面に笑みを浮かべた。

マスターがみんなにお代わりを出してくれた。きょうは貸し切りということで、一杯ごとの精算はない。

「あっ、そうそう、もう一つお話があったんですよ、先生に」

何かを思い出したらしく、三澤が声をあげた。

「来週号の週刊文明、ぜひ読んでください」

「週刊文明？」

「山沢が死ぬ前に売り込んだ記事が載るようなんです」

「それって、もしかして……」

当時は完全に味方だと思っていた山沢は、弓子を貶めるような記事が出ることを俺に詫びたあと、理事長たちの不正を暴く記事を他社に売り込むつもりだと言っていた。週刊進歩ジャーナルの記事も自分で書いておきながら、週刊文明でも存在を示そうとしていたらしい。

「倉本、けちょんけちょんですよ。警察官を天下りで自分の警備会社に入れる一方で、ヤクザともつながってる。警察とわれわれの間を取り持って、一緒に悪いことをやってる、なんてことまで書かれてるようです」

「警察と三澤さんたちとの関係は知りませんけど、天下りは事実ですね。今回、俺を犯人にしようと思って頑張ってた刑事は、もうじき定年で、どうやら倉本の会社に入るみたいだし」

「先生を犯人にできなかったことどもあるけど、この記事を止められなかったのも大きいんじゃないですかね。与党が倉本を切ったのは」

「切った？　切ったんですか。俺はもう一期、都議会をやってから国会へ行く、って聞いてますけど」

「表面上はそういうことにしたんでしょう。でも、もう無理ですよ、倉本は。世間は甘くありませんからね。特にわれわれみたいな者との関係についてバレてしまっては、国会議員への道はアウトです」

倉本が気の毒だなどとは思わなかった。もし計画どおり、俺が四人を殺したうえで自殺したという形になっていたとしても、彼は終わりだったのかもしれない。

しばらく流れた沈黙を、村井の声が破る。

「先生、彼女に電話してあげたらどうだい？」

「あ、ああ、そうですね」

有紀は覚悟して帰っていった。いまごろはもう、俺が自首したと思っているだろう。

「じゃあ、失礼して……」

俺はいったん店から出た。有紀の携帯にかける。

「あっ、有紀か」

――先生？　どうしたの？　これって、警察から？

涙声だった。俺と別れてから、あるいはずっと泣いていたのかもしれない。

「実はな、自首しなくてもよくなったんだ。みんながいろいろ協力してくれてな。樋口も生きてるし、しばらく休学してから学校へ戻ってくるそうだ」

――よかった。先生、よかった……。

もう言葉にはならなかった。

俺はすすりあげる有紀の声を聞いているしかなかったが、とんでもなく幸せな気分だった。俺には有紀がいるのだ。いとおしさが込みあげてくる。

「好きだぞ、有紀。俺はおまえが好きだ」

――先生。ああ、先生……。

これまでに味わったことがないほどの幸福感の中で、俺はずいぶん長い間、有紀の泣き声を聞き続けていた。

4

翌日の学校は大混乱だった。倉本が理事長を辞任し、校長の酒井もいきなり辞めたのだ。当然といえば当然だが、田所も学校に来ていなかった。すでに辞表は提出済みらしい。

俺は放課後、三年生の坂本を屋上に呼び出した。成績がさがってきたことを心配し、坂本が欲望に悩まされていると知った弓子は、彼に抱かれてやったのだ。

待っている俺のところに、坂本はおずおずと歩み寄ってきた。

「先生、あ、あの、話って、なんでしょうか」

「おまえ、本気で言ってるのか。俺がなんでおまえを呼び出したか、わからないわけがないだろう」

「あっ、いえ、先生の、お、奥さんのことは、気の毒だったなって……」

「馬鹿野郎。気の毒で済むか」

俺が怒鳴ると、坂本はぎくりと身を震わせた。

ここで俺は、いったん声のトーンをさげる。

「ほんとのこと言うとな、おまえにはちょっぴり感謝してるんだ」

「感謝？」

「あの噂のおかげで、俺は弓子って女の本質がわかったんだからな。もちろん、悪い女じゃない。教育にも熱心だ。だがな、あいつはとうとう俺に謝らなかった。おまえとセックスをしても、悪いことをしたとは思ってなかったんだ」

俺は弓子を愛しているつもりだった。しかし、やはり俺たちは完全に理解し合ってはいなかったようだ。俺に遠慮することなく、むしろ正しいこととして、弓子は坂本に抱かれてやったのだから。

「確認しておくぞ、坂本。あの噂、どうして流れたんだ？」

「ど、どうしてって言われても、ぼくには……」

「ふざけるな。おまえが喋ったんだろうが。おまえが喋らなければ、だれにもわかるわけがない。

違うか?」

坂本の顔が、みるみるうちに紅潮してきた。

「思い出してみろ。喋ったんだろう? 先生とセックスしたって、自慢げに話したんじゃないのか?」

「す、すみません」

いきなり坂本がひざまずいた。コンクリートの床に額をこすりつける。

「謝って済む問題じゃないんだよ、坂本。考えてもみろ。弓子を殺したのは北野だったが、そうなった原因は、F組の三人が弓子に迫ったせいだ。なんであの三人が弓子に迫ったと思ってるんだ? おまえだよ。おまえが弓子と寝たんだから、俺たちにも権利がある。あいつらは、そう言って迫ったんだ」

坂本の体が、ぶるぶると震えだした。

「すみません。ほんとうにすみませんでした。弓子先生には感謝してるんです。おかげで、ぼく、勉強もはかどってるし……」

「謝っても遅いって言ってるだろう。残念ながら、おまえを罪に問うことはできない。だがな、坂本、俺はおまえのことを、弓子を殺した犯人の一人だと思ってる」

「そ、そんな……」

「冗談で言ってるんじゃないぞ。夫として、俺は妻に欺(あざむ)かれたことになるわけだが、もしおまえが黙っていれば、弓子が死ぬことはなかったんだ」

二人以外にはだれもいない屋上に、俺の声は大きく響いていた。

言われたとおり、坂本は立ちあがった。

「立てよ、坂本」

俺は左手でやつの襟首をつかんだ。迷わず右の拳を顔面に叩きつける。

悲鳴をあげ、大きくのけぞって坂本は倒れた。右手で鼻のあたりを押さえている。鼻血くらいは出たに違いない。

「この痛み、忘れるな。弓子はもっと苦しい思いをしたんだ。わかってるな」

半泣きの顔でうなずく坂本を残して、俺はその場を去った。

階段をおりながら、弓子の顔を思い出した。これで弔い（とむら）は終わりにするつもりだった。北野は逮捕された。それに無理やりに近い形で弓子とセックスをした三人のうち二人が死に、一人は瀕死の重傷を負ったのだ。弓子も成仏できるに違いない。

数学教官室に戻ると、事務の女の子が俺を呼びに来た。校長室へ来いと言う。

「新校長は決まったんですか」

「ええ、先ほど新しい校長先生がお見えになりました。新理事長もご一緒に」

俺はうなずいて、即、校長室へ向かった。ノックをして入る。

「おお、来てくれたか。このたびは、いろいろ大変だったね」

そう言って俺を迎えたのは、理事の金石だった。倉本と同じく都議会議員の彼が、どうやら新理事長ということらしい。金石の隣に、知らない顔の男が座っている。

「こちらは今度、校長をやっていただくことになった河島さんだ。去年まで公立高校の校長をなさっていた方でね。都議会では私のブレーンをやってもらってる」

「河島です。よろしく」

「はあ、こちらこそ」

俺は曖昧に頭をさげた。

「とにかく座らんか。立ったままじゃ話もできん」

二人の正面に、俺は腰をおろした。とたんに、前理事長の倉本と前校長の酒井のことを思い出した。ここでこんなふうに三人で座ったことが、何度もあった。

「さっそくだが、きみは倉本さんの改革には反対の立場だったな」

「ええ、賛成はできませんでした」

「具体的にはどういう点で問題があったと思うんだね?」

新校長をほとんど無視する形で、金石が質問をしてきた。

「正直、F組はいらないと思います。今回のことも含めて、問題を起こすのはいつもF組の生徒でした。前理事長は、お金のためにF組を作ったように思えてなりません」

「なるほど。しかし、F組があることによって、確かに学校の収入は増えとるんだ。そのへんは少し考えてもらわんとな」

金に関する考え方は、金石も倉本とそう変わらないようだった。経営する側としては仕方がないという部分は、俺だってそれなりに理解しているが、やはりいい気分ではない。

「さて、F組のことはおいおい考えるとして、きみにはちょっとした役目を引き受けてもらいたいと思ってるんだ」

「役目？」

「なに、難しいことじゃない。教師たちの中には、まだまだ倉本さん派が多いんでね。いろいろな先生方と話をして、ときどきそれを私に報告してくれればいいんだ」

「スパイをやれってことですか」

「そんなに大仰に考えなくてもいい。学園を円滑に運営するための手段なんだ。もちろん、それなりの報酬も約束する。いい話だろう？」

俺の中に、金石に対する嫌悪感が込みあげてきた。これでは倉本とまったく同じだ。田所がやっていた役を、俺にやらせようとしているだけなのだ。

俺はすっくと席を立った。

「だれかほかの人にやってもらってください」

金石も河島も、信じれないという顔で俺を見た。

「本気で言ってるのか。よく考えたほうがいいぞ、狭間くん。ぜひ私たちと一緒に……」

「失礼します」

金石の言葉を最後まで聞かずに、俺は校長室を出た。実に不快な気分になっている。

唐突に、三澤の顔が目に浮かんできた。無双学館の話は聞き流しておいたが、本気で考えるべきときが来たのかもしれない。

まずは有紀に相談してみるか……。

有紀の明るい笑顔を思い浮かべ、すでにすっかり機嫌を直して、俺はゆっくりと廊下を歩きだした。

牧村 僚
（まきむら・りょう）

一九六五年東京生まれ。筑波大学（第一学群自然学類）卒業。専攻は物理化学。フォークソングでプロを目指したものの果たせず、芸能プロダクションに勤務。音楽系のライターを経て、九一年フランス書院文庫『姉と叔母 個人授業』で作家デビュー。

鈴屋出版

抹殺屋 デス・スクワッド

二〇二四年二月一日 初版第一刷 発行

著者 牧村 僚
発行者 三田ひとみ
発行所 鈴屋出版株式会社
〒一八二―〇〇一二 東京都調布市深大寺北町六―二四―七二
印刷・製本 中央精版印刷株式会社
装幀 福田和雄（FUKUDA DESIGN）

落丁本・乱丁本はお取り替えいたします。

本書の内容を無断で複写（コピー）・複製・放送などすることは、著作権法上の例外を除き、著作権侵害となります。

定価はカバーに記載してあります。

©2024 Ryo Makimura Printed in Japan
ISBN978-4-9910722-7-7 C0093